'우리가 정말 알아야 할 우리 고전' 기획 위원

고운기 | 한양대학교 국문학과와 연세대학교 대학원을 졸업했다.
　　　　현재 한양대학교 문화콘텐츠학과 교수이다.
김성재 | 숙명여자대학교 국문학과를 졸업하고 같은 대학원을 수료했다.
　　　　고전을 현대어로 옮기는 일에 관심을 갖고 꾸준히 작업하고 있다.
김　영 | 연세대학교 국어국문학과와 같은 대학원을 졸업했다.
　　　　현재 인하대학교 국어교육과 교수이다.
김현양 | 연세대학교 국어국문학과와 같은 대학원을 졸업했다.
　　　　현재 명지대학교 방목기초교육대학 교수이다.

우리가 정말 알아야 할 우리 고전
사씨남정기

초판 1쇄 발행 | 2004년 2월 5일
초판 8쇄 발행 | 2012년 5월 5일

원작 | 김만중
글 | 송성욱
그림 | 김광배
펴낸이 | 조미현

인쇄 | 영프린팅
제책 | 쌍용제책사

펴낸곳 | (주)현암사
등록 | 1951년 12월 24일 · 제10-126호
주소 | 121-839 서울 마포구 서교동 481-12
전화 | 365-5051 · 팩스 | 313-2729
전자우편 | editor@hyeonamsa.com
홈페이지 | www.hyeonamsa.com

글 ⓒ 송성욱 2004
그림 ⓒ 김광배 2004

*지은이와 협의하여 인지를 생략합니다.
*잘못된 책은 바꾸어 드립니다.

ISBN 978-89-323-1207-1 03810

우리가 정말 알아야 할 우리 고전

사씨남정기

우리가 정말 알아야 할 우리 고전

글 ― 송성욱 그림 ― 김광배

사씨남정기

ㅎ 현암사

우리 고전 읽기의 즐거움

문학 작품은 사회와 삶과 가치관을 총체적으로 담고 있는 문화의 창고이다. 때로는 이야기로, 때로는 노래로, 혹은 다른 형식으로 갖가지 삶의 모습과 다양한 가치를 전해 주며, 읽는 이에게 기쁨과 위안을 주는 것이 문학의 힘이다.
 고전 문학 작품은 우선 시기적으로 오래된 작품을 말한다. 그러므로 낡은 이야기일 수 있다. 그러나 그 속에 담긴 가치와 의미는 결코 낡은 것이 아니다. 시대가 바뀌고 독자가 달라져도 고전이라는 이름으로 여전히 많은 사람에게 읽히는 작품 속에는 인간 삶의 본질을 꿰뚫는 근본적인 가치가 담겨 있다. 그것은 시대에 따라 퇴색되거나 민족이 다르다고 하여 외면될 수 있는 일시적이고 지역적인 것이 아니다. 시대와 민족의 벽을 넘어 사람이면 누구나 공감할 수 있는 보편적이고 세계적인 것이다. 그렇기 때문에 우리가 톨스토이나 셰익스피어 작품에서 감동을 느끼고, 심청전을 각색한 오페라가 미국 무대에서 갈채를 받을 수도 있다.
 우리 고전은 당연히 우리 민족이 살아온 삶의 궤적을 담고 있다. 그 속에 우리의 지난 역사가 있고 생활이 있고 문화와 가치관이 있다. 타인에게 관대하고 자신에게 엄격한 공동체 의식, 선비 문화 속에 녹아 있던 자연 친화 의식, 강자에게 비굴하지 않고 고난에 굴복하지 않는 당당하고 끈질긴 생명력, 고달픈 삶을 해학으로 풀어내며 서러운 약자에게는 아름다운 결말을 만들어 주는 넉넉함…….
 사람과 사람, 사람과 자연의 '어울림'을 중요하게 생각했던 우리의 가치

관은 생활 속에 그대로 녹아서 문학 작품에 표현되었다. 우리 고전 문학 작품에는 역사가 기록하지 않은 서민의 일상이 사실적으로 전개되며 우리의 토속 문화와 생활, 언어, 습속이 구체적으로 드러난다. 작품 속 인물들이 사는 방식, 그들이 구사하는 말, 그들의 생활 도구와 의식주 모든 것이 우리의 피 속에 지금도 녹아 흐르고 있음이 분명하지만 우리 의식에서는 이미 잊힌 것들이다.

 그것은 분명 우리 것이되 우리에게 낯설다. 고전을 읽음으로써 우리는 일상에서 벗어나 그 낯선 세계를 체험하는 기쁨을 얻게 된다. 몰랐던 것을 새롭게 아는 것이 아니라 잊었던 것을 되찾는 신선함이다. 처음 가는 장소에서 언젠가 본 듯한 느낌을 받을 때의 그 어리둥절한 생소함, 바로 그 신선한 충동을 우리 고전 작품은 우리에게 안겨 준다. 거기에는 일상을 벗어났으되 나의 뿌리를 이탈하지 않았다는 안도감까지 함께 있다. 그것은 남의 나라 고전이 아닌 우리 고전에서만 받을 수 있는 선물이다.

 우리 고전을 읽어야 한다는 데는 이미 많은 사람이 공감한다. 고전 읽기를 통해서 내가 한국인임을 자각하고, 한국인이 어떻게 살아 왔으며, 어떻게 살아가야 할지 알게 하는 문화의 힘을 느낄 수 있다.

 하지만 고전은 지난 시대의 언어로 쓰인 까닭에 지금 우리가, 우리의 청소년이 읽으려면 지금의 언어로 고쳐 쓰는 작업이 반드시 선행되어야 한다. 우리가 쉽게 접하는 세계의 고전 작품도 그 나라 사람들이 시대마다 새롭게 고쳐 쓰는 작업을 거듭한 결과물이다. 우리는 그런 작업에서 많이 늦은 것이 사실이다. 이제라도 우리 고전을 새롭게 고쳐 쓰는 작업을 할 수 있는 것은 우리의 문화 역량이 여기에 이르렀다는 반증이다.

현재 우리가 겪는 수많은 갈등과 문제를 극복할 해결의 실마리를 고전 속에서 찾을 수 있다고 확신하면서 우리 고전을 지금의 언어로 고쳐 쓰는 작업을 시작한다. 이 작업은 여기에서 멈추지 않고 앞으로도 시대에 맞추어 꾸준히 계속될 것이다. 또 고전을 읽는 데서 끝나지 않을 것이다. 우리 고전은 우리의 독자적 상상력의 원천으로서, 요즘 시대의 화두가 된 '문화 콘텐츠'의 발판이 되어 새로운 형식, 새로운 작품으로 끝없이 재생산되리라고 믿는다.

'우리가 정말 알아야 할 우리 고전'을 기획하면서 우리는 다음과 같은 몇 가지 원칙을 세웠다.

먼저 작품 선정에서 한글·한문 작품을 가리지 않고, 초·중·고 교과서에 수록된 작품을 우선하되 새롭게 발굴한 것, 지금의 우리에게도 의미 있고 재미있는 작품을 포함시키기로 하였다.

그와 함께 각 작품의 전공 학자들이 적극적으로 참여하여 판본 선정과 내용 고증에 최대한 정성을 쏟았다. 아울러 원전의 내용과 언어 감각을 훼손하지 않으면서도 글맛을 살리기 위해 윤문 과정을 여러 차례 거쳤다.

마지막으로 시각 효과를 높이기 위해 내용에 맞는 그림을 곁들였다. 그림

만으로도 전체 작품의 흐름을 알 수 있도록 화가와 필자가 협의하여 그림 내용을 구성했으며, 색다른 그림 구성을 위해 순수 화가를 영입하였다.

경험은 지혜로운 스승이다. 지난 시간 속에는 수많은 경험이 농축된 거대한 지혜의 바다가 출렁이고 있다. 고전은 그 바다에 떠 있는 배라고 할 수 있다.
자, 이제 고전이라는 배를 타고 시간 여행을 떠나 보자. 우리의 여행은 과거에서 출발하여 앞으로 미래로 쉼 없이 흘러갈 것이며, 더 넓은 세계에서 더 많은 사람을 만나며 끝없이 또 다른 영역을 개척해 갈 것이다.

2004년 1월
기획 위원

글 읽는 순서

우리 고전 읽기의 즐거움 | 사

유연수와 사정옥이 혼인하다 | 십일
유한림이 천하 악녀 교채란을 첩으로 맞이하다 | 이십일
교채란의 질투와 음모가 시작되다 | 삼십일
교채란의 혹독한 음모에 사정옥이 쫓겨나다 | 삼십칠
사정옥이 교채란 일당의 습격을 받아 힘난한 뱃길을 떠나다 | 오십육
사정옥이 하늘의 도움으로 묘혜대사를 만나다 | 육십팔
교채란이 동청과 놀아나고 유연수가 귀향가다 | 칠십팔
유연수가 사정옥을 만나고 교채란 일당은 죄 값을 치르다 | 구십오

작품 해설 | 17세기 최고의 여성 드라마 | 백십칠

유연수와 사정옥이 혼인하다

명나라 세종 황제 시절, 북경 순천에 유희라는 지체 높은 사람이 살았는데 성의백 벼슬을 지낸 유기의 후예였다. 유희는 학식이 뛰어나 예부상서 벼슬에 있었다. 이때 엄숭이란 사람이 태학사 벼슬에 있었는데 유희와 마음이 맞지 않았다. 유희는 병이 났다고 하며 벼슬을 그만두겠다고 상소를 올렸다. 황제께서 그 상소를 허락하시고 특별히 태자소사란 직함을 내려 계속해서 권세를 누릴 수 있게 해주셨다.

이후 유희는 비록 조정의 일에 참여하지 않았지만 그 명성만은 온 나라에 진동했다. 고향으로 돌아와서는 부인 최씨와 화목하게 지냈다. 그에게는 우애가 지극한 누이 한 명이 있는데 두씨 가문에 시집을 갔다가 남편을 여의었다.

유희에게는 유연수란 아들이 있는데, 강보에 싸여 있을 때 어머니가 돌아가셨다. 유희는 어린 아들을 매우 사랑했지만 엄하게 길렀다. 연수가 열 살이 되자 글재주가 뛰어났고 품행이 단정했다. 유희는 그렇게 기특한 아들을 부인이 보지 못하는 것을 매우 안타까워했다.

연수는 열다섯 살에 과거에 급제했다. 감독관이 장원으로 뽑고 싶었지만 나이가 너무 어려 3등으로 뽑았다. 황제께서 즉시 연수를 불러 보시고는 한림편수 벼슬을 내리셨다. 연수는 황제의 은혜에 감사를 드린 후 아직 자신의 학식이 부족하다고 하며 10년의 말미를 간청하는 상소를 올렸다. 황제께서 그 뜻을 기특하게 여겨 허락하셨다. 성현의 글을 열심히 읽고 임금 섬기는 도리를 갖추어 스무 살이 되면 다시 돌아오라고 하셨다. 유희 부자는 이러한 황제의 은혜에 지성으로 감사를 드렸다.

유한림이 과거에 급제한 후로 청혼하는 집안이 많았지만 한 곳도 마땅한 데가 없었다. 하루는 유소사가 누이인 두부인과 함께 한림의 혼사를 의논하다가 매파들을 불러 좋은 신붓감이 있는 곳을 물어 보았다. 그 중 한 늙은 매파는 유독 말을 하지 않고 앉아 있다가 다른 매파의 말이 그친 뒤 불쑥 입을 열었다.

"노야께서 만일 부귀를 원하신다면 엄승상의 딸만한 사람이 없을 것이고, 굳이 용모와 덕성을 구하신다면 신성현에 사는 사급사 댁의 처자만한 여자가 없사옵니다. 청컨대 두 곳 중에서 택하소서."

유소사가 말했다.

"부귀는 애초에 바라는 바가 아니다. 어진 사람을 택하고자 한다. 사급사는 청렴하고 정직하여 대간 벼슬로 있다가 귀향을 가서 죽은 사람이라. 마땅한 혼처라고 생각하지만 그 딸의 착하고 악한 여부를 알지 못하겠노라."

매파가 대답했다.

"소인의 사촌 아우가 그 댁 종으로 있으면서 처자를 젖 먹여 길렀고, 소인도 수년 전에 그 댁에 갔다가 본 적이 있사옵니다. 그때 처자의 나이 열세 살이라. 한눈에 보아도 성품이 어질고 너그러움을 알 수 있었습니다. 또 생김새를 말하자면 마치 달나라에 사는 선녀가 내려온 듯하옵니다. 다른 하인의 말을 들으니 처자가 여공*은 물론이거니와 학식을 두루 갖추어 모르는 것이 없다고 하더이다."

두부인이 이 말을 듣고는 손으로 무릎을 치며 말했다.

"몇 년 전 우화암에 있는 여승 묘혜가 나에게 말하기를 신성현의 사소저는 용모가 아름다울뿐더러 덕성까지 갖추어 참다운 요조숙녀라고 했습니다. 그 말을 듣고는 좋은 신붓감이라고 생각했는데 오라버니께 미처 전하지 못했습니다."

유소사가 말했다.

"누이와 매파의 말을 들으니 그 처자가 뛰어난 듯하도다. 그러나 혼인이란 큰일을 경솔하게 결정할 수 없으니 좀더 자세히 알아보면 좋겠는데……."

두부인이 한참을 생각하다가 말했다.

"좋은 방법이 있나이다. 내 집에 당나라 사람이 그린 귀한 관음화상이 있는데 마침 우화암으로 보내려고 하는 터입니다. 묘혜에게 이 화상을 주어 사씨 집으로 가서 관음찬*을 받아 오게 하면 사소저의 재주를 알 것입니다. 그러면 묘혜가 소저의 얼굴도 볼 수 있을 것이니 좋지 않겠습니까?"

유소사가 웃으며 말했다.

"참으로 묘한 생각이로다."

두부인이 묘혜를 불러 말했다.

"그대를 부른 것은 다름이 아니라 사씨 집 여자를 며느리로 맞이하려는데 신부의 됨됨이를 알 길이 없는 탓이오. 그대가 관음화상을 가지고 사씨 집에 가서 소저에게 찬문을 받아 오면 될 것이니 부디 수고를 아끼지 말게."

묘혜가 허락하고 화상을 가지고 사급사의 집으로 갔다. 사급사 부인은 원래 묘혜를 알고 있었다. 즉시 묘혜를 불러 말했다.

"오랜만에 보는구려. 오늘은 무슨 마음으로 왔소?"

묘혜가 대답했다.

"소승의 암자가 지은 지 오래되어 다 허물어졌습니다. 이제 겨우 보수가 끝나 가는데 감히 부인께 시주를 청하러 왔나이다."

부인이 말했다.

* 여공(女工) | 여자가 갖추어야 할 네 가지 덕성 중 하나로 길쌈을 의미한다.
* 관음찬(觀音讚) | 관음보살을 예찬하는 글.

"만일 불사佛事에 쓰는 것이라면 어찌 시주를 아끼리오. 하지만 가난한 집에 재물이 없으니 안타깝구려. 대관절 그대가 구하는 것이 무엇이오?"

묘혜가 말했다.

"암자를 고치고 난 뒤 마침 관음화상을 시주하는 집에 있었사옵니다. 이 화상은 당나라 사람이 그린 명화지만 찬양하는 글이 없음이 한 가지 흠이라. 만일 귀댁 소저의 빛나는 글솜씨로 찬문을 지어 주신다면, 글을 보배로 여기는 우리 불가佛家에서는 이보다 더 큰 시주가 없을 것이옵니다. 그렇게 하신다면 소저께서도 복을 받아 장수하실 것이옵니다."

부인이 말을 듣고는 말했다.

"우리 딸이 비록 글을 많이 읽었지만 이런 찬문을 잘 지을 수 있을지 모르겠네. 하여튼 딸에게 물어나 보세."

말을 마치고는 시녀를 명하여 소저를 부르니 소저가 모친의 명을 받아 연보*를 움직여 당도했다. 묘혜가 살펴보니 그 모습은 마치 관음보살이 하강한 듯했다. 속으로 매우 감탄하고는 일어나 합장하며 말했다.

"소승이 4년 전에 소저를 뵌 적이 있는데 능히 기억하시나이까?"

소저가 말했다.

"어찌 잊으리오."

부인이 소저에게 물었다.

"이 스님이 멀리서 와서 너에게 찬문을 구하고자 한다. 네 능히 지을 수 있겠느냐?"

소저가 대답했다.

"소녀의 옹졸한 재주로 어찌 찬문을 지을 수 있겠습니까? 하물며 글은 여

---

* 연보(蓮步) | 미인의 걸음걸이를 지칭하는 말.

자가 할 바가 아니옵니다. 지금 스님이 부탁하지만 시행하기 어려울까 하나이다."

묘혜가 말했다.

"푸른 연잎과 흰 연꽃이 색은 다르지만 뿌리는 한 가지인 것처럼 공자와 석가모니 역시 그 근본은 한 가지라고 들었사옵니다. 소저께서 비록 불교를 배우지 않았지만 유교의 글로 보살을 찬송하시면 더욱 좋을까 하나이다."

소저는 할 수 없이 족자를 걸고 향을 피워 절을 올린 다음 붓을 빼어 들고 관음찬 120자를 족자에 쓰고 그 아래에 '모년 모월 모일에 사씨 정옥은 삼가 글을 쓴다.'고 기록하였다. 묘혜가 글을 조금 아는 까닭에 그 글을 보고 못내 탄복하고는 부인과 소저에게 진심으로 사례하고 돌아왔다.

유소사는 두부인과 대화하며 묘혜가 돌아오기를 기다렸다. 한참 만에 묘혜가 돌아와 웃으며 족자를 내놓았다.

유소사가 물었다.

"자세히 알아보았는가?"

묘혜가 말했다.

"그 소저는 족자 속의 사람과 같더이다."

그러고는 급사 부인과 소저와 함께 대화한 내용을 낱낱이 말했다. 유소사가 매우 기뻐하며 즉시 족자를 걸고 글을 보았다. 글 뜻이 맑고 아름다우며 필법이 훌륭하여 흠 잡을 곳이 조금도 없었다. 또 소저의 성품이 온화하고 유순함을 충분히 짐작할 수 있었다. 그 글의 내용은 다음과 같았다.

"관음보살은 성스러운 여인이라. 생각하건대 주나라 때 문왕의 어머니인 태임과 같고 문왕의 아내인 태사와도 같도다. 자고로 부부의 화목과 자손의 번창은 부인의 일인데도 공허한 산속에 외롭게 있음이 어찌 본심이리오. 순임금의 신하였던 후직后稷은 농사를 일으켜 세상을 도왔고 백이伯夷와 숙제

叔齊는 충절을 지켜 굶주려 죽었으니, 도의 근본은 같지만 다만 서로의 처지가 다름이라. 내 화상을 바라보니 흰 옷을 입고 아이를 안았으니 그 사람됨을 대강 알지라. 슬프다! 관음보살은 어찌하여 여기에 계신고? 긴 대나무 수풀에 하늘이 찬데 바닷물결이 만 리로다. 어진 덕이 세상에 비치니 세상 만물 누가 아니 공경하리오. 꽃다운 이름이 오랜 세월 남으리로다. 내 그 덕을 찬양함에 눈물이 흘러 바다가 되는구나."

유소사가 이 글을 보고는 매우 놀라며 말했다.

"기특하고 기특하도다. 예로부터 관음찬을 지은 자가 많았지만 일찍이 이렇게 잘 지은 경우는 없었도다. 열세 살 어린 여자의 식견이 이 정도일 줄 어찌 알았으리오. 이 여자가 진정 내 아들의 신붓감이니 어찌 혼인시키지 않으리오."

이윽고 한림을 불러 글을 보여 주며 말했다.

"네 능히 이렇게 지을 수 있겠느냐?"

한림이 글을 보고는 마음속으로 탄복하였다.

묘혜가 하직하며 말했다.

"소승이 귀댁의 혼사를 직접 봐야 마땅하지만 어지러운 속세에 너무 오래 머물러 있던 탓에 남악에 계시는 스승께서 빨리 돌아오라는 전갈이 있었습니다. 내일 남악으로 떠나고자 하옵나니 청컨대 관음화상을 암자에 모시고자 하나이다."

두부인이 말했다.

"사정이 그러니 섭섭하지만 어쩌겠소. 이 화상은 애초에 스님께 시주하였으니 가져가는 것이 당연하오."

유소사가 비단을 주며 은혜에 답하니 묘혜가 사례하고 떠났다.

유소사와 두부인이 상의하며 말했다.

"매파를 사씨 집으로 보내 청혼하리라."

즉시 매파 주씨를 보내니, 주씨가 사씨 집에 가서 급사 부인께 인사하고 말했다.

"유소사에게 아들이 있는데 풍채가 세상에 제일인 탓에 많은 매파가 모여들었지만 혼인을 허락하지 않았사옵니다. 그러는 중 귀댁 소저의 용모가 아름답고 덕이 밝음을 아시고는 혼인을 청하십니다. 소저께서 유씨 집안과 혼인을 하시면 높은 벼슬아치의 부인이 됨과 동시에 부귀를 누릴 수 있을 것입니다."

급사 부인이 이 말을 듣고 주저하다가 딸의 방으로 가서 소식을 알렸다.

"네 비록 규중 여자지만 총명하니 의견을 듣고자 하노라."

소저가 머뭇거리다가 대답했다.

"제가 들은 바로는 유소사는 현명한 재상이라 하니 그 집안과 혼인을 하는 것이 마땅하옵니다. 그런데 매파의 말을 들으니 부귀와 용모를 따지고 있습니다. 저는 이것이 문제라고 생각합니다. 결국 밝은 덕을 소중하게 간직한 우리 조상을 욕보이는 말이니 혼인이 마땅치 않은 듯하나이다."

부인 또한 소저의 말을 바르게 여겨 주씨에게 말했다.

"유소사께서 딸의 재주와 용모를 잘못 들으시고 구혼하시는 것이라. 아이가 보잘것없는 집안에서 성장하여 배운 것이 없으니 귀한 집안과 혼인함이 마땅하지 않은지라. 돌아가 이대로 고하라."

주씨가 여러 번 간청했지만 부인은 끝내 허락하지 않았다. 할 수 없이 돌아와서 그대로 고했다. 유소사가 이 말을 듣고 화가 나서 주씨가 사씨 집에서 나눈 대화 내용을 자세히 묻고는 말했다.

"내가 변변치 못했도다."

즉시 주씨를 물리치고 신성현의 가지현을 찾아가서 말했다.

"사씨 집과 혼인하고자 매파를 보냈더니 회답이 여차여차한 것을 보니 매파가 실수를 한 탓이라. 이제 선생이 나를 위하여 사씨 집을 방문해 주면 고맙겠소."

지현이 말했다.

"어찌 선생의 말씀을 따르지 않으리오. 사씨 집에 가서 어떻게 말을 전하리까?"

유소사가 말했다.

"먼저 사급사의 맑은 덕을 칭송하고 다음으로 소저의 덕성을 칭송하면 반드시 혼인을 허락하리다."

지현이 말했다.

"삼가 뜻을 받들겠나이다."

지현이 유소사를 보낸 뒤 즉시 사씨 집으로 갔다. 급사 부인이 혼사 때문에 온 것을 짐작하고 맞아들였다. 유모가 어린 공자 희량을 안고 나와서 지현을 맞아 머리를 숙이고 말했다.

"주인께서 이미 돌아가셨고 어린 주인께서는 나이가 어려 손님을 대접하지 못하오니 소인이 나왔사옵니다. 상공께서는 무슨 일로 방문하셨습니까?"

지현이 말했다.

"다른 일이 아니라 유소사의 부탁으로 왔노라. 유소사께서는 너희 댁 규수가 요조숙녀임을 알고 돌아가신 사급사의 맑은 덕과 곧은 충절을 공경하여 매파를 보냈는데 매파가 말실수를 한 것 같다. 그러니 내가 이제 혼인의 아름다운 인연을 맺어 주려고 왔노라. 부인께 혼인을 허락하시라고 청하라."

유모가 들어갔다가 즉시 나와 부인 말씀을 전했다.

"상공께서 딸의 혼사를 위하여 이렇게 누추한 곳을 욕되이 방문하시니 어찌 감히 거절하리까 하시더이다."

지현이 돌아와 이 사연을 전하니 유소사가 매우 기뻐하며 혼인날을 택했다. 혼인날이 다가오자 유한림이 사소저를 맞아들이기 위해 사씨 집으로 갔다. 혼인의 위엄과 화려함 그리고 예법의 아름다움은 비할 데가 없었다. 유한림과 사소저의 혼인은 진실로 요조숙녀와 군자의 어울리는 만남이었다.

다음 날 돌아와서는 유소사께 인사를 드리고 3일 후 사당에 올라 조상에게 제사를 올렸다. 이 날 뜰에 가득히 모인 친척과 손님이 모두 혼인을 축하했다. 유소사는 손님에게 일일이 답례하며 하루 종일 잔치를 열었다. 손님이 다 돌아가자 유소사는 내당에 들어와 신부를 보고 말했다.

"신부가 지은 관음찬을 보니 식견이 높은 줄을 가히 알지라. 남편을 잘 섬기고 친척과 화목하며 아랫것들에게 은혜를 베풀어 집안을 화목하고 평안하게 하라."

사소저가 공손하게 대답했다.

"밝은 가르침을 삼가 받들 것이옵니다."

유소사가 하인에게 명하여 곁방에 있는 상자를 가져오게 해서는 보배로운 거울 한 개와 옥가락지 한 쌍을 주면서 말했다.

"이것은 우리 집안 대대로 내려오는 물건이다. 며느리의 맑음이 거울 같고 몸가짐이 옥 같아 이것을 주노라."

사소저가 두 손으로 받고는 황공하여 절을 하였다. 이후 사소저는 효도를 다해 시아버지를 섬기고 남편에게 순종하며 정성을 다해 제사를 받들었다. 또 집안을 다스림에 종들을 은혜로 부려 집안이 화목하고 번창하니 주위 사람이 진심으로 존경하였다.

유한림이 천하 악녀 교채란을 첩으로 맞이하다

 4~5년이 지났다. 하늘이 시기한 탓인지 유씨 집안에는 이제 좋은 운세가 다하고 슬픔이 찾아오게 되었다. 유소사가 갑자기 병이 들어 위독하게 된 것이다. 유한림 부부는 지극한 정성으로 온갖 방법을 동원해 보고 하늘에 기도까지 했지만 조금도 효과가 없었다. 병이 점점 위독해지자 유소사는 죽음을 예감하고 누이의 손을 잡고 눈물을 흘리며 말했다.

 "내 이제 명이 다해 죽는다. 누이도 늙은 나이니 몸을 잘 돌보도록 해라. 그리고 연수의 나이가 어리니 잘못하는 것이 있으면 엄하게 타일러라."

 또 유한림을 경계하며 말했다.

 "늙은 아비가 병이 들어 이제 세상을 떠난다. 너는 충효를 받들어 나라의 은혜를 갚고 가문을 빛내며 제사를 정성껏 받들어라. 또 네 고모의 말을 아비의 말과 같이 여겨 매사에 잘못함이 없도록 하라. 집안일은 며느리와 상의해서 처리하도록 하라."

 며느리 사씨를 위로하며 말했다.

 "현부*의 행실을 내가 잘 알고 있나니 부디 집안일을 잘 다스려 탈이 없도록 하라."

 말을 마치고는 숨을 거두었다. 유한림 부부는 하늘을 우러러 통곡하여 초상을 알렸다. 부모 잃은 자식의 슬픔이 비할 데가 없었다. 두부인도 우애가

---
* 현부(賢婦) | 어진 며느리를 말함.

각별하였으니 그 애통함은 비할 데 없었다.

　슬픈 가운데 세월이 흘러 3년상을 마치자 유한림은 조정으로 나가 임무에 충실했다. 황제께서 벼슬을 높이려고 했지만 이루어지지 못했다. 강직한 유한림이 엄숭과 같은 소인배들을 항상 못마땅하게 여겨 엄숭의 배척을 받은 탓이었다.

　그런데 유한림 부부는 나이 서른이 되도록 슬하에 자식이 없었다. 이로 인해 사씨가 걱정하며 남편을 보고 탄식했다.

　"첩의 몸이 허약하여 지금까지 자식이 없으니 조상의 제사와 가문의 후사를 어떻게 하리오? 군자께서 첩을 얻어 자식을 낳으면 저 또한 죄를 면할까 하나이다."

　한림은 듣기만 하고 웃었다. 사씨는 곧장 매파를 불러 한림의 첩이 될 만한 양반집 여자를 구하려 했다. 이 소식을 들은 두부인은 놀라서 사씨에게 물었다.

　"그대가 지아비의 첩을 구한다고 하는데 사실이냐?"

　사씨가 대답했다.

　"사실입니다."

　두부인이 말했다.

　"첩을 두면 집안이 어지러워지니 부질없는 일은 생각지도 마라."

　사씨가 대답했다.

　"첩이 이 가문에 들어온 지 10여 년이 지났지만 자식이 없으니 이는 칠거지악*을 범한 것이옵니다. 첩을 구해 자식 낳기를 기대할까 하나이다."

　두부인이 말했다.

　"자식 생산에는 빠르고 늦음이 없어 마흔 이후라도 생산하는 사람이 있느니라. 그대는 아직 젊으니 너무 염려하지 마라."

사씨가 대답했다.

"첩의 몸이 허약하고 기운이 부족하여 자식 생산이 걱정이옵고 하물며 재상가에 첩을 두는 것은 흔히 있는 일이옵니다. 제가 비록 어질지 못하나 첩을 시기하는 더러운 행실로 집안을 어지럽게 하겠나이까? 바라건대 지아비에게 첩을 권하여 자식을 보게 하소서."

두부인이 거듭 만류했지만 사씨의 뜻이 워낙 완강한 것을 알고는 더 말리지 않았다.

다음 날 매파가 와서 사씨에게 고했다.

"한 곳에 여자가 있는데 부인께서 바라는 바는 아닌가 하나이다."

사씨가 말했다.

"무슨 말인고?"

매파가 말했다.

"부인은 용모가 아름다운 여자가 아니라 마음이 유순한 여자를 구하십니다. 그런데 이 여자는 용모가 빼어나니 부인의 뜻에 마땅하지 않을 것으로 생각하나이다."

사씨가 웃으며 말했다.

"매파는 지금 나를 놀리느냐? 대관절 어떤 여자냐?"

매파가 말했다.

"한신부에 사는 사람으로 성은 교이고 이름은 채란입니다. 올해 나이가 열여섯입니다. 근본이 사대부 집안으로 부모가 일찍 죽고 그 오라비에게 의지하며 지내고 있습니다. 부인께서 만일 용모에 마음을 두지 않으신다면 이보

---

* 칠거지악(七去之惡) | 며느리를 내치게 되는 일곱 가지의 죄. 시부모를 잘 모시지 않은 경우, 자식을 낳지 못하는 경우, 음탕한 경우, 질투하는 경우, 나쁜 병이 있는 경우, 말이 많은 경우, 도둑질한 경우가 이에 해당한다.

다 나은 사람은 없을 것입니다."

사씨가 매우 기뻐하며 말했다.

"벼슬하던 사람의 자식이면 행실이 천한 여자와는 다를 것이니 내 마음에 드는구나. 한림께 여쭈어 보리라."

사씨가 매파의 말을 전하니 한림이 말했다.

"첩을 구하는 것이야 급한 일이 아니지만 부인의 아름다운 마음을 저버리지 못하겠구려. 그렇다면 날짜를 잡아 맞아 오겠소."

이에 매파를 시켜 혼인을 통보하는 한편 친척을 모아 놓고 교씨를 데려왔다. 교씨가 한림과 사씨에게 절을 하고 자리에 앉으니 세상에 보기 드문 미인이었다. 모인 사람들이 모두 칭찬했지만 두부인만은 기뻐하지 않았다. 해가 지고 손님들이 돌아가자 교씨를 뒤뜰 별당에 머물게 하였다. 한림은 새 신부인 교씨와 밤을 보냈다.

이 날 밤 두부인이 사씨에게 말했다.

"이왕 첩을 구하려면 순박한 사람을 구할 것이지 어찌 저런 절세미인을 데려왔느냐? 성품이 어질지 못할 것 같으니 나중에 해가 될까 하노라."

다음 날 두부인이 떠나면서 사씨에게 조심할 것을 신신당부했다. 한림은 교씨가 거처하는 곳을 백자당이라 하고 납매에게 시중들게 하였다. 이후 집안사람들은 교씨를 교낭자라고 불렀다. 교씨는 총명하지만 교활하여 한림의 기분을 잘 맞추고 사씨를 극진히 섬기니 집안 모든 사람이 칭찬하였다.

반년이 못 되어 교씨가 임신하니 한림과 사씨가 기뻐했다. 교씨는 아들을 낳지 못할까 걱정이 되어 점쟁이에게 물어 보니 아들이라는 사람도 있었고 딸이라는 사람도 있었다. 그런가 하면 아들을 낳으면 불길하고 딸을 낳으면 좋을 것이라고 말하는 사람도 있어 교씨는 기분이 썩 좋지 않았다. 이렇게 걱정하는 교씨를 보고 납매가 말했다.

"마을에 십랑이라고 부르는 여자가 있습니다. 남쪽 지방 사람인데 술법이 매우 신통하여 모르는 것이 없으니 이 사람을 불러 물어 보소서."

교씨가 매우 기뻐하며 즉시 십랑을 불러 물었다.

"뱃속에 있는 아이의 성별을 알 수 있겠느냐?"

십랑이 대답했다.

"어려운 일이 아니니 잠시 진맥을 해도 되겠나이까?"

교씨가 맥을 짚어 보라 하니 십랑이 진맥을 마치고 말했다.

"이 아이는 딸이로소이다."

교씨가 놀라며 말했다.

"상공이 나와 혼인을 한 것은 단지 아들을 원한 탓이지 내 용모 때문이 아니다. 만일 딸을 낳으면 차라리 낳지 않는 것만 못하도다."

이에 십랑이 말했다.

"소인은 일찍 기이한 사람을 만나 뱃속의 딸을 아들로 바꾸는 방법을 배운 적이 있었습니다. 그리고 시술을 하여 잘못된 적이 없었습니다. 낭자께서 만일 아들을 얻고자 한다면 어찌 이 방법을 시험해 보지 않으리오?"

교씨가 매우 기뻐서 말했다.

"만일 그렇게만 된다면 후한 상을 주겠노라."

십랑이 허락하고 부적을 쓰고 온갖 괴상한 것을 동원하여 교씨의 방안과 이부자리 사이에 감추어 두면서 말했다.

"아들을 낳은 후 다시 찾아와 인사를 드리겠나이다."

십랑이 돌아가고 세월이 흘러 출산 일이 되었다. 아이를 낳으니 십랑의 말대로 아들이었다. 눈이 맑고 피부가 옥같이 빼어나니 한림과 사씨가 기쁨을 감추지 못하고 집안 하인이 모두 축하했다. 한림은 아이의 이름을 장주라고 지었다. 교씨가 아들을 낳은 뒤 한림의 대접이 더욱 극진해졌다. 사씨 또한 아이를 사랑하니 사람들은 누가 낳은 아이인줄 모를 정도였다.

　봄날이 찾아왔다. 동산에 온갖 꽃이 만발하여 풍경이 참으로 볼 만했다. 한림은 입궐한 터라 집안은 고요했고, 사씨가 홀로 책상에 기대어 책을 보고 있었다. 곁에 있는 사씨의 시비 춘랑이 말했다.

　"화원 작은 정자에 모란꽃이 활짝 피었으니 한 번 구경하소서."

　사씨는 즉시 책을 덮고 시비 5~6명을 데리고 정자로 갔다. 버드나무 그림자는 난간을 뒤덮고 꽃향기가 옷에 젖으니 경치가 참으로 아름다웠다. 사씨는 교씨와 그 경치를 함께 구경하고 싶어 시비를 교씨에게 보내려 했다. 갑자기 거문고 소리가 바람결에 들렸다. 그 소리는 마치 진주가 옥쟁반 위에서 구르는 듯, 애절하고 처절하여 사람의 마음을 움직이게 했다. 사씨가 시비들에게 물었다.

　"이 거문고를 누가 타느냐?"

　한 시비가 대답했다.

　"교낭자가 타는 것이옵니다."

　사씨가 말했다.

　"교씨가 음악을 아는가?"

　한 시비가 대답했다.

　"백자당이 정당과는 거리가 멀어 부인께서는 모르시겠지만 소인들은 종종 낭자의 거문고와 노래 소리를 들었나이다."

　갑자기 거문고 소리가 그치고 고운 노래 소리가 들리자 사씨는 고개를 숙이고 한동안 듣다가 춘빙에게 자기의 말을 전하게 했다.

　"내 마침 한가하여 화원에 와서 경치를 구경하는데 낭자는 걸음을 아끼지 말고 서둘러 오라."

　이 말을 전해 들은 교씨는 놀라서 즉시 화원에 도착했다. 함께 꽃을 구경하고 차를 마시면서 사씨가 말했다.

"낭자가 재주 많은 줄 알았지만 이렇게 음악에 정통했는지는 몰랐네. 조금 전에 거문고 소리를 들으니 채문희*에 견줄 만하도다."

교씨가 대답했다.

"재주가 미천하여 잘하는 것이 없지만 심심해서 한번 해보았는데 부인이 듣게 되시니 황공하옵니다."

사씨가 말했다.

"내 낭자와는 오래 사귄 친구와 다름 없으니 충고 한마디 할까 하노라."

교씨가 말했다.

"부인께서 가르쳐 주시면 천첩에게는 큰 영광일까 하나이다."

사씨가 말했다.

"낭자가 탄 곡조는 당나라 시절의 '예상우의곡*'이라. 비록 시인이 많이 타지만 사실은 당나라 현종이 양귀비를 보고 지은 곡이라. 이후 현종이 피난 가던 중 양귀비가 마외역에서 죽어 후대까지 조롱거리가 되니 민망한 일이다. 그러니 가까이 할 곡조는 아니다. 또 그대의 거문고 소리와 노래 소리가 주위 사람들에게 들리니 이는 여자의 도리에 마땅하지 않다. 어진 도를 행하여 지아비를 섬기고 자식을 엄히 가르치며 하인을 은혜로 다스리는 것이 여자의 덕행이라. 하물며 거문고는 남자라도 방탕한 사람만이 타는 것이다. 그대는 잠시 실수했음을 깨닫지 못한 것뿐이다. 내 그대의 어진 성품을 아름답게 여겨 이렇게 말하는 것이니 부디 원망하지 마라."

교씨가 말했다.

"소첩이 배운 것이 없어 실수했음을 깨닫지 못했는데 부인께서 가르쳐 주시니 가슴에 새겨 잊지 않겠나이다."

사씨가 교씨를 위로하며 말했다.

"내 낭자를 사랑하는 까닭에 마음을 솔직하게 털어놓은 것이라. 이후에 나에게도 허물이 있으면 낭자가 충고해 주기 바라노라."

하루 종일 대화를 하다가 헤어졌다.

이 날 밤 유한림이 조정에서 일을 마친 뒤 술에 취해 백자당으로 갔는데, 잠이 오지 않자 난간에 앉아 주변 경치를 감상했다. 달빛은 진주와 같고 꽃 그림자는 기울었으니 흥이 올라 교씨에게 노래 부르기를 청하자 교씨가 말했다.

"몸이 아파서 부르지 못하나이다."

한림이 말했다.

"여자는 지아비가 죽을 일을 시켜도 거역하지 못하거늘 병을 핑계 삼아 노래를 부르지 못하겠다 하니 이는 여자의 도리가 아니다."

교씨가 말했다.

"오늘 낮에 심심해서 노래를 불렀는데 사부인께서 듣고서는 꾸중하시기를 '네 요괴로운 노래로 집안을 어지럽히고 한림을 유혹한다. 나에게 혀를 끊는 칼이 있고 벙어리 만드는 약도 있으니 다시는 노래를 부르는 일이 없도록 조심하라.' 하셨습니다. 첩이 원래 가난하고 힘없는 집안의 딸로 상공의 은혜를 입어 부귀영화가 이 같으니 비록 죽어도 한이 없사옵니다. 다만 상공의 맑으신 덕이 저로 인해 손상받을까 걱정이옵니다."

한림이 매우 놀라며 속으로 생각했다.

'사씨가 항상 투기를 하지 않는다면서 교씨를 후하게 대접하기에 굳이 흠잡을 것이 없었다. 그런데 이제 교씨의 말을 들으니 집안에 무슨 일이 있도다.'

이렇게 생각하고는 교씨를 위로하며 말했다.

---

* 채문희(蔡文姬) | 중국 후한 시절의 여인으로 지식이 높고 음악에 정통했던 사람이다.
* 예상우의곡(霓裳羽衣曲) | 중국 당나라 때의 대형 가무곡. 당나라 현종이 지은 노래인데, 노래 악보를 보자마자 양귀비가 일어나 춤을 추어 현종과 만나는 계기가 되었다 한다.

"내가 너와 혼인한 것은 부인이 권한 까닭이다. 일찍이 부인이 너를 후하게 대접하였거늘 무슨 문제가 있으리오. 아마도 종들이 비방하는 소리인가 싶으니 부질없는 걱정은 하지 말고 안심하라."

이 말을 들은 교씨는 기분이 썩 좋지 않았다. 이후로 교씨는 온갖 아양을 떨며 사씨를 비방했는데 그 간악함이 날로 더해 갔다.

교채란의 질투와 음모가 시작되다

하루는 교씨가 납매와 함께 담소를 나누는 중, 납매가 말했다.

"사부인이 임신했음을 알고 있나이까?"

교씨가 이 말을 듣고는 너무 놀라 넋이 달아난 듯 말했다.

"혼인 후 10여 년이 지나 처음 임신하는 것은 희귀한 일이다. 사씨가 만일 아들을 낳으면 나는 쓸데없는 사람이 되리로다."

교씨가 비록 근심을 숱하게 했지만 하는 수 없는 일이었다. 몇 달이 지나 사씨의 배가 불러오자 집안사람들이 임신 사실을 알고는 모두 기뻐했다. 그러나 교씨는 원망하며 납매와 음모를 꾸몄다.

하루는 은밀히 낙태 약을 구해 사씨가 먹는 약에 넣었지만 어쩐 일인지 사씨가 그 약을 먹기만 하면 토해 버렸다. 이는 천지신명이 도우심이라. 그럭저럭 열 달이 다 되어 사씨가 옥동자를 출산하자 한림과 두부인의 기쁨은 말할 수 없었다. 아이의 이름을 인아라 하고 애지중지하였다.

교씨는 속으로 엄청나게 시기했지만 감히 어쩔 수 없어 겉으로는 인아를 사랑하는 척했다. 사씨는 정말 그런 것으로 생각하여 별 의심을 하지 않았다. 교씨는 항상 인아를 해치려 했지만 마땅한 방법이 없어 밤낮으로 근심했다.

교씨는 다시 십랑을 불러 의논했다. 십랑은 이미 교씨의 뇌물을 많이 받은 터라 심복이 되어 온갖 간악한 음모를 꾀했다. 그러나 워낙 은밀하게 진행한 일이라 아무도 알아채지 못했다.

하루는 유한림이 일을 마치고 집에 돌아오니 석랑중이란 사람이 편지를 보

내 남쪽 지방이 고향인 동청이란 자를 천거했다. 동청은 일찍 부모를 여의고 세상에 떠돌며 무뢰배와 어울려 주색잡기를 일삼았다. 그나마 있던 재산을 탕진하고 생계가 막연하여 객지로 나와 대갓집에 빌붙어 살았다. 잘생긴 얼굴에 말주변과 글재주가 있으니 이름난 선비들이 처음에는 이 사람을 받아들여 잘 대해 주었다. 그러나 그 자제들을 유혹하여 나쁜 짓을 같이 하는 바람에 결국 쫓겨나게 되었다. 그러다가 석랑중의 집에까지 오게 되었고, 석랑중도 동청의 정체를 알고는 괴로워하던 중이었다. 석랑중이 마침 외직으로 부임하는 차에 동청의 허물을 감추고 유한림에게 소개한 것이다.

유한림은 마침 마땅한 사람을 구하던 차였다. 동청을 불러 만나 보니 말하는 것이 흐르는 물과 같고 풍모도 반듯하여 흔쾌히 서사*의 직분을 맡겼다. 동청은 재주가 있고 눈치가 빨라 매사를 한림의 뜻대로 챙기니 신임이 두터웠다.

이를 본 사씨가 한림에게 말했다.

"첩이 듣기로 동청은 정직하지 않아 여러 곳에서 배척을 받았다 하옵니다. 그러니 머무르게 하지 말고 빨리 내보내소서."

유한림이 말했다.

"동청을 머물게 하는 것은 단지 글을 구함이지 벗을 삼으려는 것이 아니오. 무슨 상관이 있겠소?"

사씨가 말했다.

"비록 벗은 아니지만 좋지 않은 사람과 같이 있으면 자연히 잘못된 길로 빠질 수 있습니다. 이런 사람을 집안에 두어 법도가 잘못될까 걱정하는 것이옵니다."

---

* 서사(書士) | 문서를 정리하거나 필사하는 일을 하는 사람.

한림이 말했다.

"부인의 말씀이 옳지만 남을 비방하는 것을 좋아하는 사람이 많소. 혹 동청도 그런 사람들 때문에 억울하게 비방을 받았을 수 있으니 두고 보면 자연히 알리라. 부인은 걱정 말고 집안 하인들이나 잘 다스려 법도가 어지럽지 않게 하오."

한편 교씨는 사씨가 동청을 배척하는 것을 알고 납매와 함께 동청과 은밀히 만나면서 계책을 의논하였다. 자고로 여자가 나쁜 마음을 먹으면 못할 일이 없는 법이라. 십랑은 교씨를 위해 남자를 유혹하는 방법을 알려 주었다. 이후로는 한림이 교씨에게 푹 빠져 종전의 모습을 잃었다. 사씨는 미심쩍은 구석이 있다고 생각했지만 별 수 없어 그냥 두고 보았다. 교씨는 사씨를 시기하여 한림에게 여러 번 비방을 했지만 여의치 못하자 조바심이 들어 다시 십랑을 불러 물었다.

"나의 재주와 용모로 남의 첩이 되어 장차 앞길이 어떻게 될지 기약할 수 없는 신세가 되었다. 그러니 나를 위하여 사씨를 없애면 은혜를 후하게 갚으리라."

십랑이 한참 만에 말했다.

"이 일이 참으로 난처하니 다른 묘책이 없는지라. 장주 공자가 병들기를 기다려 여차여차하옵소서. 다급하니 서둘러야 합니다."

교씨가 이 말을 듣고 매우 기뻐하면서 십랑이 만들어 준 요망한 물건을 사방에 두루 묻고 납매를 불러 음모의 절차를 자세히 일러주었다. 은밀하게 일을 진행하니 집안에서는 세 사람 외에는 아무도 몰랐다.

몇 달이 지나 가을이 되었다. 장주가 감기에 걸려 때때로 토하며 놀라는 증세를 보였다. 십랑이 말한 계책을 실행할 때가 온 것이다. 장주가 병에 걸렸다는 소식을 듣고 한림이 백자당에 오자 교씨가 울며 말했다.

"장주가 갑자기 병에 걸려 크게 앓으니 이것은 심상치 않은 일이옵니다. 증세를 보니 예사 병이 아니라 분명 집안 누군가가 장주를 저주하여 생긴 병인가 하나이다."

한림이 교씨를 위로하고 나서 장주의 병세를 보니 증세가 가볍지 않았다. 매우 걱정하면서 약을 지어 먹였지만 별 차도가 없었다. 한림은 걱정하고 교씨는 곁에서 줄기차게 울었다. 안타깝게도 한림은 교씨의 유혹에 빠져 총명이 점점 흐려진 탓에 사태를 제대로 판단하지 못했다.

교씨는 계속해서 동청과 은밀히 만났는데 마치 한 쌍의 요물이 서로 합쳐진 것 같았다. 백자당은 동청이 거처하는 외당과 거리가 멀지 않았고, 통로문의 열쇠를 교씨가 가지고 있었다. 그리하여 한림이 안방에서 자는 날에는 동청을 백자당으로 불러 동침했지만 워낙 은밀하여 아무도 몰랐다. 교씨는 장주의 병을 핑계로 자기도 병이 들었다면서 음식을 먹지 않고 밤이 되면 더욱 슬퍼하였다.

하루는 납매가 부엌에서 청소를 하다가 괴상한 물건 하나를 주워 왔는데 한림과 교씨가 같이 보게 되었다. 이것을 본 한림은 얼굴빛이 흙색으로 변하며 아무 말도 못하고 있는데 교씨가 울면서 말했다.

"첩이 열여섯 살에 귀댁에 들어와 원수를 맺은 곳이 전혀 없는데 대체 어떤 사람이 우리 모자를 이토록 저주하는고?"

한림이 다시 그 물건을 보고 말을 하지 않자 교씨가 말했다.

"상공께서는 이 일을 어떻게 처리하려 하시나이까?"

한림이 드디어 입을 열었다.

"비록 일이 흉악하지만 집안에 잡인이 없으니 누구를 지목하리오. 이 요망한 물건을 불에 태워 없던 일로 하는 게 좋을까 하노라."

교씨가 생각하는 척하다가 말했다.

"상공의 말씀이 옳으시나이다."

한림이 납매에게 불을 가져오라 하여 눈앞에서 태우고 소문내지 말 것을 당부했다. 한림이 간 뒤 교씨가 납매에게 말했다.

"오늘 계교 어떻냐?"

납매가 대답했다.

"매우 묘하더이다. 그런데 낭자께서는 어찌 한림의 의심을 부추기지 않으셨나이까?"

교씨가 말했다.

"때를 기다려 그렇게 할 것이라. 너무 급하게 서둘다가는 도리어 해로우니 차차 일을 도모할 것이다."

원래 그 요망한 물건에는 동청이 사씨의 필적을 흉내 내서 적은 글씨가 새겨 있었다. 그러니 한림이 보기에는 사씨가 교씨 모자를 저주하는 필적이 분명했다. 그 물건의 내력을 밝힌다면 분명 집안에 난처한 일이 생기므로 즉시 태워 없앤 것이었다. 한편으로는 사씨를 의심하기 시작했다.

'전에 교씨가 부인이 투기한다는 말을 했지만 믿지 않았더니 이런 흉악한 일이 있을 줄 어찌 알았으리오? 애초에 자식이 없어 부인이 직접 주선해서 교씨를 얻었는데, 이제 부인이 자식을 낳았으니 간악한 계교를 부리는구나. 사씨는 겉으로는 인자하고 의로운 척하지만 속으로 딴 마음을 품었도다.'

이렇게 생각한 후로는 사씨를 대하는 것이 이전과 완전히 달라졌다. 그러나 이 일을 입 밖에 내지는 않았다.

교채란의 혹독한 음모에 사정옥이 쫓겨나다

신성현의 사씨 친정에서 모친이 병에 걸려 위독하여 딸을 보고 싶어한다는 기별이 왔다. 사씨는 친정 모친이 위독하다는 말을 듣고 비통함을 이기지 못하여 한림에게 고했다.

"모친의 병환이 위중하다 하오니 지금 가서 뵙지 못하면 두고두고 한이 될지라. 원하건대 군자께서는 허락하소서."

한림이 말했다.

"장모의 병환이 위중하시면 가 뵙는 것이 마땅하니 어찌 만류하리오. 나도 틈이 있으면 가서 문안하리다."

사씨가 사례하고 교씨에게 집안일을 부탁하고는 인아를 데리고 즉시 길을 떠나 친정에 도착했다. 모녀가 오랜만에 만나니 기쁨이 비길 데가 없었다. 부인의 병환이 위중하여 즉시 돌아오지 못하고 몇 달을 친정에 머물렀다. 한림이란 직책은 원래 일이 한가한지라, 유한림은 빈번히 왕래하면서 때때로 문안 인사를 드렸다.

이때 산동, 산서, 하남 지방에 큰 흉년이 들어 백성이 사방으로 흩어져 떠돌았다. 황제께서 근심하시어 믿음직한 신하들을 파견하여 백성의 어려움을 살피라고 하셨다. 유한림이 그 중에 뽑혀 즉시 산동 지방으로 가게 되었는데, 다급하여 미처 사씨를 보지 못하고 길을 떠났다.

한림이 집을 떠난 후로는 교씨가 더욱 방자하게 굴어 동청과는 마치 부부처럼 지냈다. 하루는 교씨가 동청에게 말했다.

"이제 한림이 멀리 갔고 사씨는 오래 집을 떠나 있으니 마땅히 계교를 꾸밀 때라. 어찌하면 사씨를 없앨 수 있겠소?"

동청이 말했다.

"사씨를 죽이지는 못하지만 집에서 쫓아낼 계교는 있소."

교씨가 매우 기뻐하며 말했다.

"낭군의 계교는 귀신이라도 측량하지 못하리로다. 대체 누가 이 계교를 행하랴?"

동청이 말했다.

"내게 믿을 만한 벗이 있는데 꾀가 많고 말을 잘하니 일을 맡기기에 충분하오. 그러나 사씨가 매우 아끼는 물건을 손에 넣어야만 시행할 수 있는데……."

교씨가 생각하다가 말했다.

"사씨의 시비인 설매는 납매의 사촌이어서 유혹하기 쉬우니 불러서 물어보리라."

이렇게 말하고는 곧장 설매를 불러 뇌물을 후하게 주며 납매와 함께 사씨의 물건 훔칠 일을 의논하였다. 설매가 재물을 받고는 기뻐하며 납매에게 말했다.

"열쇠를 구할 수만 있다면 쉬운 일이지만 대관절 무엇에 쓰려 하느냐?"

납매가 말했다.

"용도는 묻지 말고 비밀로 해라. 만일 다른 사람이 알면 너와 나는 죽을 것이다."

이 말을 교씨에게 전하자 즉시 열쇠를 주면서 말했다.

"부인이 아끼고 한림이 평소에 자주 본 것을 구하고자 하노라."

설매가 응낙하고 가서는 옥가락지를 훔쳐 왔다. 교씨가 기뻐서 다시 설매에게 재물을 주고는 동청과 함께 계교를 행하려 하였다.

이때 사씨의 친정 모친께서 돌아가시니 사씨가 교씨에게 말을 전했다.

"친정 모친의 초상을 치르고 돌아갈 것이다. 상공께서도 아니 계시니 부디 집안일을 잘 살피라."

교씨는 사씨가 돌아올 날이 아직 많이 남았음을 기뻐했지만 놀라는 척하며 즉시 납매를 사씨에게 보내 문안을 드렸다.

한편 동청은 심복인 냉진이라는 놈을 불러 많은 재물을 주면서 말했다.

"유한림이 일을 마치고 돌아오는 길에 마주쳐서 이리이리하라."

냉진은 원래 이곳저곳을 떠도는 무뢰배인데 재물을 보면 목숨도 아끼지 않는 인물이라. 기쁨을 감추지 못해 허락하고는 지름길을 택해 산동 지방으로 가서 유한림을 만나려고 하였다.

유한림 일행은 산동에 도착하여 두루 다니면서 백성의 고충을 살폈다. 하루는 주막에서 술을 먹는데 한 소년이 들어와 인사하고 앉았다. 풍채가 빼어나게 아름다운 장부였다. 한림이 먼저 이름을 물으니 소년이 대답했다.

"저는 남쪽 지방 사람인 냉진이라 하옵니다. 감히 여쭈오니 선생의 함자를 듣고자 하나이다."

한림이 신분을 감추고자 가짜 이름을 알려 주고는 민생民生에 대해 물어 보니 냉진이 명쾌하고 유식하게 대답했다. 한림이 기특하게 여겨 역사에 대해 물어 보자 역시 막힘이 없었다. 함께 술을 마시며 하루 종일 담소를 나누다가 날이 저물자 한 방에서 자게 되었다. 다음 날 일어나서 보니 이 소년의 옷고름에 옥가락지 한 쌍이 매달려 있었다. 그 옥가락지는 바로 대대로 물려온 가보이자 선친께서 사씨에게 준 것이었다. 의심이 솟구쳐 소년에게 물었다.

"내가 전에 서역 사람을 만나 옥을 분별하는 법을 배웠는데 형이 가진 옥가락지를 보니 대단한 보배라. 한번 자세히 보고자 하노라."

소년이 주저하는 척하다가 옥가락지를 풀어 주었다. 자세히 보니 모양과

빛깔이 분명 사씨의 것과 똑같았고, 동심결* 매듭도 영락없는 사씨의 것이었다. 매우 이상하게 생각하고는 다시 물었다.

"과연 보배로다. 그대는 이런 진기한 보물을 품에 품었고 동심결을 맺었으니 분명 사랑하는 사람이 있도다."

소년은 한숨만 길게 쉬고 탄식하며 다른 말이 없었다. 다만 옥가락지를 돌려 달라고 하여 다시 옷고름에 찰 뿐이었다. 한림이 옥가락지에 얽힌 사연을 집요하게 묻자 소년이 마지못해 대답했다.

"제가 신성현에 있을 때 사랑하는 사람이 있었는데 그때 정표로 받은 것입니다."

한림이 속으로 생각했다.

'그 옥가락지는 우리 집 가보가 분명하다. 신성현에서 얻었다 하니 혹시 하인들이 훔쳐서 팔았는가?'

갖가지 생각이 들자 옥가락지의 근본을 분명하게 알고 싶었다. 그래서 그 소년과 며칠을 동행하였는데 자연히 두 사람의 친분이 두터워졌다. 하루는 한림이 다시 물었다.

"그대가 옥가락지의 근본을 끝내 말하지 않고 숨기니 어찌 의리 있다고 하겠나?"

소년이 탄식하며 말했다.

"형과는 친분이 두터워 근본을 밝혀도 좋겠지만 사랑하는 사람과 관계된 일이니 다시 묻지 마소서."

한림이 말했다.

"그대가 사랑하는 사람을 만난 것은 내 이미 들었다. 대체 어떤 사람을 만

---

* 동심결(同心結) | 한마음이 되자는 뜻.

났는고?"
　소년이 대답했다.
　"묻지 마오. 차마 말하지 못하겠소."
　한림이 말했다.
　"그대가 이렇게 좋은 인연이 있다면 그것을 버리고 어찌 남쪽으로 가는가?"
　소년이 탄식하며 말했다.
　"호사다마*라고 아름다운 인연이 이제는 이루어지기 어렵게 되었소."
하고 눈물을 흘리거늘 한림이 말했다.
　"그대는 참으로 정이 많은 사람이로다."
　이에 취하도록 술을 마시고 놀다가 다음 날 작별했다. 한림이 소년의 말을 들은 후로는 의심이 계속 솟구쳤다.
　'옥가락지가 허다하니 어찌 같은 것이 없으리오. 그러나 그것을 신성현에서 얻었다 하니 참으로 이상하다.'
　이후 반년이 지나자 유한림이 임무를 마치고 돌아왔다. 사씨도 모친의 초상을 치르고 돌아와 있었다. 한림이 사씨를 만나 장모의 죽음을 슬퍼하는 한편 교씨와 인아, 장주를 다 불러 모았다. 이윽고 사씨에게 물었다.
　"선친께서 살아 계실 때 부인에게 준 옥가락지는 어디에 있소?"
　사씨가 말했다.
　"상자 속에 간수하였나이다."
　한림이 말했다.
　"의심스런 일이 있으니 지금 바로 보고자 하오."

* 호사다마(好事多魔) | 좋은 일에는 꼭 방해가 있기 마련이라는 뜻.

사씨가 이상하게 여겨 상자를 열어 보니 다른 보물은 다 있지만 유독 옥가락지는 보이지 않았다. 매우 놀라며 말했다.

"옥가락지를 분명 상자 속에 간직해 두었거늘 어디로 가고 없는고?"

이에 한림이 말했다.

"이미 다른 사람에게 주고서는 어찌 모른다 하시오?"

사씨가 한림의 비아냥거리는 말을 듣고는 부끄럽고 분해서 말을 못하고 잠잠히 앉아 있었다. 시비가 와서 말했다.

"두부인께서 오시나이다."

한림이 나아가 두부인을 맞이하여 인사를 마친 후 고했다.

"집안에 큰 변이 있으니 알리나이다."

두부인이 말했다.

"무슨 일인고?"

한림이 냉진을 만나 겪은 일과 옥가락지가 없어진 일을 자세히 고했다. 사씨는 이 말을 듣자 넋이 달아난 듯 다만 눈물을 흘리며 말했다.

"첩이 행실을 조심하지 못하여 이런 지경에 빠졌으니 무슨 면목으로 사람을 대하리오. 그러나 옛말에 이르기를 총명한 군자는 비방하는 말을 믿지 않는다 하였으니 원컨대 상공은 깊이 살피소서."

사씨는 말수가 많지 않았지만 강개하고 표정에 변화가 없었다. 두부인이 이 모습을 보고는 크게 화를 내면서 한림을 꾸짖어 말했다.

"너의 총명함을 돌아가신 유소사와 비교하면 어떠하냐?"

한림이 대답했다.

"저를 어찌 감히 선친께 비교할 수 있겠나이까?"

두부인이 말했다.

"돌아가신 유소사께서는 원래 사람을 보는 안목이 뛰어날 뿐 아니라 세상의

크고 작은 일에 모르는 것이 없었다. 항상 사씨를 보고 누구도 따르지 못할 요조숙녀라고 했다. 임종시에 나에게 당부하시기를 네 나이가 어리니 각별히 가르치라고 했지만 사씨에 대해서는 별다른 말이 없었다. 이는 바로 유소사께서 이미 사씨의 어진 됨됨이를 알고 계셨던 까닭이라. 이제 간악한 행실을 사씨에게 뒤집어씌우려 함은 집안에 간악한 사람이 있어 사씨를 모함함이라. 네 어찌 그 실상을 파헤쳐 어진 사람을 구하고 간악한 사람을 다스리지 못하는가? 이런 어리석은 사람이 어찌 나라의 일을 하리오. 참으로 한심하도다."

한림이 땅에 엎드려 머리를 조아리며 말했다.

"고모님의 말씀이 이와 같으시니 저의 어리석은 죄는 죽어도 마땅하옵니다."

즉시 형벌 기구를 갖추고는 모든 시비를 엄히 문초하였다. 모진 형벌에 살점이 떨어지고 피가 난들 아무것도 모르는 사람들이 무슨 말을 하리오. 그 중 설매도 있었지만 교씨의 심복인 탓에 자백하지 않았다. 두부인은 별 수 없이 일단 자기 집으로 돌아가고, 사씨는 누명을 벗지 못하여 거적을 깔고 앉아 죄인으로 자처했다. 이후 한림이 교씨만 찾으니 교씨가 매우 기뻐 모든 일을 제 마음대로 처리했다.

하루는 한림이 교씨에게 사씨의 일을 의논하였는데 교씨가 말했다.

"부인의 행실이 아름답고 현숙하니 어찌 그런 더러운 일을 행하리까? 첩이 생각하기에 두부인 말씀에도 일리가 있는 듯하옵니다. 그러나 두부인께서는 항상 사씨만 사랑하시고 상공을 못마땅하게 여기니 이는 편벽*된 것입니다. 예로부터 성인들도 사람에게 속임을 당했으니 돌아가신 유소사께서 비록 총명하시지만 사씨를 오랫동안 지켜보지는 못했습니다. 그러니 어찌 사람의 앞

* 편벽(偏僻) | 한 쪽으로 치우침.

일을 다 알 수 있겠사옵니까? 그리고 임종시의 유언은 다만 상공을 걱정하시는 말씀이었을 따름이라. 지금 두부인이 항상 그 말씀을 빙자하여 매사를 사부인 말대로 하라고 하니 이것이야말로 편벽된 것이 아니고 무엇이옵니까?"

한림이 말했다.

"사씨의 언행 중에도 투기함이 있음을 짐작했고 이제 와서 또 이런 행실이 있으니 지금은 사씨를 믿지 아니하노라."

교씨가 말했다.

"그렇다면 이제 사씨를 어찌하려 하시나이까?"

한림이 말했다.

"비록 그렇다고는 하지만 아직 일이 명백하게 밝혀지지 않았고, 선친께서 사랑하셨던 며느리인데다가 3년상을 함께 지냈고, 고모께서 힘써 돌보니 차마 버리지 못하노라."

교씨는 아무 말도 못했다. 교씨가 또 임신하여 아들을 낳으니 한림이 매우 기뻐하며 이름을 봉아라 하고는 애지중지하였다. 하루는 한림이 없는 틈을 타서 교씨가 동청과 다시 계교를 의논했다.

"이제 한림이 사씨를 의심하기 시작했지만 옛말에 풀을 벨 때는 그 뿌리를 함께 없애라 하였소. 만약 사씨와 두부인이 옥가락지를 찾아서 우리가 꾸민 일이 드러나면 장차 큰 화가 생기리로다. 어찌하면 좋을꼬?"

동청이 말했다.

"두부인이 사씨를 돕고 있으니 한림과 두부인을 이간질하여 서로 화목하지 못하게 하는 것이 좋은 방법이라. 그렇게 되면 두부인과 한림의 정이 멀어질 것이니 그때를 틈타 사씨를 내몰기는 썩은 나무 치우는 것처럼 쉬울지라."

교씨가 말했다.

"한림이 두부인을 친부모같이 섬기니 그것은 어려운 일이로다."

이렇게 대화하면서 두 사람이 서로 걱정하였다.

한편 두부인은 아무리 수소문을 하여도 옥가락지의 종적을 찾을 수 없자 마음이 우울하여 한림 집에 발걸음을 하지 않았다. 마침 두부인의 아들 두억이 장원급제하여 장사 지방의 총관 벼슬을 제수 받아 내려가게 되었다. 유한림은 두부인과 두억을 초청하여 송별회를 열었다. 이때 두부인이 사씨가 없음을 보고 자못 불쾌하여 한림에게 말했다.

"오라버니가 돌아가신 후 너와 서로 의지하면서 살았는데 내 이제 멀리 떠나게 되었으니 어찌 슬프지 않으리오. 내 너에게 부탁할 말이 있노라. 사씨는 오라버니께서 사랑하시던 바요 원래 허물이 없으니 내가 떠난 후에 혹시 참소하는 말을 듣거나 이상한 일들이 눈앞에서 벌어질지라도 경솔하게 처단하지 말고 나와 상의하도록 해라."

한림이 대답했다.

"삼가 가르침을 잊지 않겠나이다."

두부인이 즉시 사씨가 석고대죄*하는 곳에 나가 보니 처지가 참혹했다. 나무 비녀와 삼베치마는 물론이고 머리카락이 흩어져 옥 같은 귀밑을 덮었고, 얼굴이 초췌하여 차마 보지 못할 지경이었다. 사씨가 두부인을 보고 눈물을 흘리며 말했다.

"도련님께서 황제의 은혜를 입어 큰 벼슬을 받았다 하오니 축하드리나이다. 먼 이별을 당했지만 나가서 전송하지 못해 안타까웠는데 몸소 이곳에 오셔서 죄인을 생각해 주시니 그 은혜 죽어도 잊지 못하겠나이다."

두부인이 사씨의 모습을 보자 안타깝고 처량하여 눈물을 흘리고는 사씨의 손을 잡고 머리를 쓰다듬으며 말했다.

---

* 석고대죄(席藁待罪) | 거적을 깔고 엎드려 처벌을 기다림.

"오라버니께서 임종시에 내게 한 말이 아직도 귓가에 머물러 있는데 내가 조카를 잘 가르치지 못해 그대가 이 고생을 하는구나. 모두 나의 허물이라. 하늘에 계신 오라버니를 무슨 면목으로 대할꼬? 그대는 전에 내가 한 말을 기억할 수 있겠느냐?"

사씨가 절을 하며 말했다.

"첩이 비록 어리석지만 어찌 소중한 가르침을 잊겠나이까? 첩의 눈이 밝지 못해 사람을 잘못 고른 탓으로 이런 신세가 되었으니 누구를 한하오리까?"

두부인이 말했다.

"이미 지나간 일은 소용없는 일, 앞으로 다가올 일이 문제다. 그대가 일찍 시부모를 여의고 나만 의지하다가 이제 먼 이별을 하니 참으로 안타깝도다. 또 집안일을 생각하니 지금 일어나는 일은 오히려 작은 소란이라. 훗날 반드시 모함을 받아 이곳에 오래 있지 못할 것 같다. 장사 땅이 비록 멀지만 다니는 사람이 많으니 어려운 일이 생기면 내게 연락해라. 내 배를 보내어 그대를 데려갈 것이니 안심하라."

사씨가 대답했다.

"이렇게 저를 생각해 주시니 만 번을 죽어도 한이 없습니다. 그러나 위태한 때를 당하면 친정은 갈 곳이 못 되고, 장사 땅은 너무 멀어 장성한 남자라도 가기 힘든데 외로운 이 몸이 어찌 갈 수 있으리까? 첩은 시부모님 묘 아래에서 조용히 지내다가 남은 삶을 마감하는 것이 소원입니다."

두부인이 말했다.

"그대 생각은 그렇다고 하지만 묘 아래도 오래 있을 곳이 아니니 내 말을 헛되이 듣지 말고 좋은 때가 오기만을 기다리라."

드디어 두부인이 길을 떠났다. 동청과 교씨는 두부인이 멀리 가게 된 것을 기뻐하였다. 이에 동청이 교씨에게 말했다.

"두부인이 이제 멀리 가고 없으니 즉시 계교를 시행할 것이지만 낭자가 내 계교를 시행하지 않을까 걱정하노라."

소매에서 책 한 권을 꺼내 놓으며 다시 말했다.

"묘한 계교는 이 안에 있는데, 이것은 무소의란 여인의 이야기라. 당나라 시절 고종 황제가 황후를 사랑했는데, 황제에게는 무소의라는 첩이 있었다. 무소의가 투기하여 황후를 참소하려 했지만 뜻대로 되지 않았는데 무소의가 딸을 낳게 된지라. 그 딸의 얼굴이 아름다워 황후가 항상 사랑하였다. 하루는 황후가 딸을 어루만지고 나왔는데 무소의가 간사한 계교를 생각했다. 스스로 그 딸을 죽인 후 통곡하며 궁중의 사람들을 문초하게 하니 궁인들이 말하기를 오직 황후가 다녀갔다고 했다. 결국 황후는 누명을 벗지 못하고 고종 황제가 황후를 폐하고 드디어 무소의를 황후로 봉한 일이 있었는데 이 여자가 바로 유명한 측천무후라. 전에 장주가 병들었을 때 한림이 사씨를 의심하였으니 이제 낭자가 큰일을 위하여 어찌 어린아이 따위를 걱정하리오. 이 계교를 행하면 사씨가 아무리 명철하고 언변이 뛰어나다 하지만 도저히 벗어날 길이 없을 것이라. 낭자의 뜻이 분명 이루어질 것이오."

교씨가 동청의 등을 치며 말했다.

"사나운 짐승도 제 새끼만큼은 사랑하거늘 하물며 사람이 어찌 제 자식을 죽이리오."

동청이 말했다.

"낭자의 지금 처지는 실로 호랑이 등에 타고 있지만 내리지 못하는 형상이라. 내 말을 듣지 않으면 반드시 뉘우칠 일이 있을까 하노라."

교씨가 말했다.

"이 일은 차마 사람이 할 바가 아니라. 다른 계교를 생각하오."

동청이 밖으로 나와 납매에게 말했다.

"낭자가 나의 묘한 계교를 듣지 않으니 할 수 없는지라. 그러면 낭자뿐만 아니라 너희도 위험할 것이다. 네가 기회를 엿보아 이 일을 시행하도록 하라."

이후로 납매는 틈만 나면 장주를 죽이려 했는데 마땅한 기회를 얻지 못하였다. 하루는 장주가 난간에서 자고 있었다. 마침 사씨의 시비 춘빙과 설매가 화원에서 일을 하고 난간 아래로 지나가고 있었다. 납매가 흉악한 계교를 생각하고는 두 사람이 멀리 지나가기를 기다려 곧장 장주를 눌러 죽였다. 그리고는 바로 설매에게 가서 말했다.

"옥가락지를 훔친 일이 탄로 나면 사부인이 분명 너를 먼저 죽일 것이니 너는 이제 이리이리하면 화를 면하고 도리어 큰 상을 받으리라."

설매가 알아듣고 갔다.

장주의 유모는 공자가 일어났는가 싶어 나가 보니 피를 흘리며 죽어 있었다. 놀라 통곡하며 교씨에게 달려가 고했다. 교씨도 놀라 나와 보니 이미 손을 쓸 수 없는 지경이었다. 동청이 한 일인줄 짐작하고는 한림에게 달려가 이 사실을 알렸다. 한림이 이 말을 듣고는 한동안 말을 못하고 다만 눈물만 흘렸다. 교씨가 통곡하며 간사한 말로 고했다.

"이는 분명 전에 장주를 저주하던 사람이 한 짓이라. 집안 하인들을 모아 심문하면 알 것이옵니다."

한림이 그 말을 듣고 집안 하인들을 모아 문초하니 먼저 장주의 유모가 말했다.

"소인이 공자를 데리고 난간에서 놀았는데 공자가 잠이 들었기에 잠깐 나갔다 왔사옵니다. 어찌 이런 일이 있을 줄 알았겠사옵니까? 소인의 죄는 죽어 마땅하옵니다."

또 납매가 대답했다.

"소인이 마침 난간 앞을 지나다가 춘빙과 설매가 그 앞에서 무슨 말을 하는 것을 우연히 보았나이다. 그때는 무심코 넘겼지만 이런 큰일이 생긴지라. 이 두 여자를 엄히 문초하시면 진상이 드러날 것이옵니다."

한림이 춘빙을 먼저 엄하게 문초하였다. 춘빙은 살점이 달아나고 뼈가 부서져 죽을 지경이었지만 당당하게 말했다.

"설매와 같이 난간 아래로 지나갔을 뿐 다른 일은 전혀 아는 것이 없으니 상공께서는 깊이 헤아려 주옵소서."

설매를 문초하니 곧바로 소리를 크게 지르며 말했다.

"바로 고할 것이니 상공은 형벌을 거두어 주소서. 사부인께서 저희에게 이르되, 장주 공자를 해치면 큰 상을 내릴 것이라 하거늘 천한 마음에 재물을 탐내 기회를 엿보고 있었습니다. 오늘 마침 공자께서 혼자 자고 있기에 춘빙이 가서 해쳤고 저는 마음이 떨려 차마 나아가지 못했나이다."

한림이 이 말을 듣고 크게 화를 내며 춘빙을 극형으로 문초하니 춘빙이 설매를 꾸짖으며 말했다.

"네 이제 죽을 죄를 짓고 옥 같은 부인께 누명을 씌우니 하늘이 두렵지 않느냐?"

춘빙은 이렇게 끝까지 버티다가 그만 죽고 말았다. 교씨는 발을 구르며 울음을 그치지 않고 한림은 다만 고개를 숙이고 있을 뿐이었다. 이윽고 교씨가 말했다.

"투부*가 당초에 우리 모자를 죽이려 하다가 실패하자 시비를 시켜 이러한 악행을 저질러 장주를 죽였으니 내일이면 나까지 죽이리라. 남의 손에 죽느니 차라리 내 손으로 죽어 귀신이라도 바른 귀신이 되는 것이 낫도다. 상공은 투부와 같이 살 것이니 첩과 같은 인생은 상관하지 않을 것이라. 이제 죽어

---

* 투부(妬婦) | 투기하는 아내를 말함.

투부의 마음을 기쁘게 하려니와 다만 두려운 것은 이 투부가 외간 남자와 정을 통하니 상공이 홀아비 신세를 면치 못할까 하나이다."

말을 마치자마자 칼을 빼들고 자결하려 하니 한림이 급히 칼을 빼앗으며 위로했다.

"내 전에도 투부의 망측한 일을 보았지만 그간의 정을 생각하여 발설하지 않았고, 신성현에서 있었던 더러운 행실을 보았지만 다스리지도 않았도다. 이제 또 천하의 큰 죄를 지었으니 이런 여자를 집에 두어 제사를 받들면 조상이 거부하실 것이고 우리 가문을 욕보일 것이라. 오늘은 이미 날이 저물었으니 내일 친척을 모아 사당에 고하고 내치리라."

교씨가 눈물을 거두고 사례하며 말했다.

"만일 상공이 투부를 내치고 집안을 밝게 하시면 첩의 남은 삶이 안전할까 하나이다."

그럭저럭 다음 날이 되자 한림은 모든 친척을 모으고 사당에 고하려 했다. 슬프다! 유소사가 지하에서 일어나지 못하고 두부인이 만 리 밖 먼 길을 떠났으니 누가 한림의 마음을 돌리오. 시비들이 이 일을 알고 사씨에게 고하면서 통곡하니 사씨가 태연하게 말했다.

"내 이미 짐작한 일이니 너희는 너무 슬퍼 마라."

한림이 친척에게 사씨의 앞뒤 죄상을 다 이르고 쫓아낼 의논을 하는데 친척들은 원래부터 사씨의 현숙함을 알고 있는 터였다. 한림의 말을 듣고는 안타까워 말을 못하니 한림이 사람들의 분위기를 살피고는 화를 내면서 말했다.

"사씨를 결단코 집에 두지 못하리니 그대들은 어찌 말이 없는가?"

이때 모인 사람들은 모두 한림의 손아래라 한꺼번에 대답했다.

"우리는 이런 일을 자세히 알지 못하니 한림의 생각대로 처리하소서."

모두 이렇게 말하니 한림이 비로소 기뻐하고는 하인에게 사당을 청소하게 하고 의관을 갖추어 입고 친척들을 거느리고 나아가 향을 피우고 사씨의 죄상을 고했다.

"유세차 모년 모월 모일, 효 증손 한림학사 유연수는 조상님 영위에 고하옵니다. 부부는 사람의 일생 가운데 가장 소중한 인연이요 행복의 근본이라. 집안의 흥망이 모두 여자에게 달렸거늘 사씨가 처음에 들어올 때는 어질고 정숙했는데 사람의 나중은 모를지라. 사나운 일과 음란한 행실을 저질렀지만 꾸짖지 않았는데 허물을 뉘우치지 않고 갈수록 방자하여 안으로는 투기하고 밖으로 다른 사람에게 정을 두었나이다. 친정 모친의 병을 핑계로 친정에 가서 더러운 짓을 했지만 분명하게 드러난 바가 없어 그냥 두었나이다. 그런데 또 희첩의 아들을 죽였으니 이제 사씨의 죄는 칠거지악을 넘었는지라. 조상에게 허물이 됨은 물론이고 후사가 끊어질까 두려워 부득이 내쫓으려 하옵니다. 첩 교씨는 비록 정식 혼인을 통해 맞이하지는 않았지만 명문 거족의 후예이고 덕성도 사씨보다 나은지라. 제사를 받들기에 충분하오니 승격하여 정실을 삼고자 조상님 영전에 고하나이다."

이윽고 사씨를 내쫓으니 친척과 시비들이 문에서 이별하고 눈물을 흘리며 말했다.

"부인은 귀한 몸을 잘 돌보시고 후일 다시 뵙기를 원하나이다."

사씨가 말했다.

"죄인을 이렇듯 염려해 주시니 감사합니다만 어찌 유죄 무죄를 바로 잡아 다시 보기를 바라리까?"

유모가 인아를 안고 나아가니 사씨가 받아 안고 말했다.

"나를 생각하지 말고 잘 있어라. 새가 깃털을 잃으면 알을 보전하기 어려운 법. 네가 어찌 무사할 수 있으리오. 슬프다. 이승의 미진한 인연을 후생에서 다시 이어 모자지간이 됨을 바라노라."

눈물이 비 오듯 흘러 다시 말을 잇지 못하고 인아를 유모에게 주고는 교자에 올랐다. 인아가 발을 구르며 모친을 부르짖는 소리가 끊어질 줄 몰랐다.

집안에서는 교씨를 정실로 맞이하는 의식이 진행되었다. 교씨의 화려한 복장과 패물이 눈을 부시게 할 정도였다. 의식을 마치자 교씨가 집안 하인들에게 말했다.

"오늘부터 맡은 직무를 부지런히 하고 서로 화목하여 죄를 범하지 마라."

그 중 한 늙은 하인이 머리를 조아리며 말했다.

"사부인이 비록 죄를 입어 나가시지만 저희가 오랫동안 섬겼으니 잠시 나가서 전송하기를 원하나이다."

교씨가 불쾌하나 마지못하여 허락했다. 모든 하인이 사씨를 따라가서 교자 앞에 엎드려 통곡하니 사씨가 교자를 멈추게 하고 말했다.

"너희가 옛 주인을 생각하여 멀리 와서 전송을 하니 고맙도다. 그러나 이후로는 옛 주인을 생각하지 말고 새 주인을 잘 섬겨 죄를 짓지 마라."

하인들이 머리를 조아리고 전송하니 길 가는 사람들이 모두 처량하게 여겼다. 이때 교자를 멘 하인들이 신성현으로 가려 하자 사씨가 말했다.

"친정으로는 갈 수 없으니 시부모님 묘 아래로 가리라."

이에 길을 바꾸어 유소사의 묘 아래에 도착하였다. 이 날부터 사씨는 초가를 하나 얻어 지냈다. 높은 산이 사방을 둘러싸고 시냇물은 잔잔한데 원숭이 휘파람 소리가 사씨의 가슴에 요동쳤다.

사씨옥이 교채란 일당의 습격을 받아
험난한 뱃길을 떠나다

사씨의 남동생 사공자가 이 소식을 듣고 급히 초가로 달려왔다. 초라한 사씨를 보고 통곡하며 말했다.

"여자가 시집에서 쫓겨나면 친정으로 돌아오는 것이 옳거늘 누이는 어찌 적막한 산으로 와서 누구를 의지하려 하시오?"

사씨가 말했다.

"내 어찌 아우를 생각하지 않았겠는가. 그러나 친정으로 가는 것은 유씨 가문과 완전히 결별하는 짓이라. 내 죄가 없고 한림 또한 군자라. 한때의 참언에 미혹되었으나 깨달아 뉘우칠 때가 있을 것이다. 그런 때가 오지 않는다 하여도 시아버님께 죄 지은 일은 없으니 묘 아래에서 늙는 것이 당연한지라. 아우는 이상하게 생각하지 마라."

사공자가 이 말을 듣고는 그 높은 뜻을 공경하여 다시 청하지 못했다. 즉시 돌아가서 여러 하인을 보내니 사씨가 말했다.

"우리 친정은 애초에 하인이 부족하거늘 어찌 나에게 보냈는고?"

하고는 늙은 하인 한 명만 남겨 문을 지키게 하고 나머지는 돌려보냈다. 원래 이 묘 아래에는 유씨 가문 사람과 하인들이 많이 살았다. 외로운 사씨를 보살펴 주며 음식을 보내 주곤 하였다. 사씨는 길쌈과 바느질에 능하여 옷을 짓고 베를 짜거나 몸에 조금 지녔던 패물을 팔아 생계를 겨우 꾸려 나갔다. 비록 가난하기는 했지만 그럭저럭 지낼 만했다.

사씨의 이런 모습을 본 교씨는 '사씨가 친정으로 가지 않고 유씨 묘 아래에

있음은 죄를 인정하지 않는 것이다.'고 생각하고는 한림에게 말했다.

"사씨는 더러운 행실과 큰 죄로 시집에서 쫓겨난 여자인데 어찌 감히 돌아가신 유소사 묘 아래에 잠시라도 있게 하리까?"

한림이 한참 만에 말을 했다.

"이미 쫓겨난 후에는 타인이라. 동서남북에 자기 가고 싶은 대로 갈 것이니 아는 척하여 좋을 것이 없다. 하물며 묘 아래에 다른 사람도 많이 있으니 구태여 사씨를 몰아내는 것은 좋지 않도다."

교씨는 비록 웃음을 지었지만 속으로는 화가 나서 다시 말을 하지 않았다. 하루는 교씨가 동청과 의논하며 말했다.

"사씨가 친정으로 가지 않고 묘 아래로 간 것은 반드시 어떤 의도가 있음이라. 신성현 친정으로 가지 않은 것은 옥가락지 사건을 변명함과 동시에 무죄하다 하여 유씨의 며느리로 자처함이라. 유씨 종족들에게 정을 표하여 훗날을 도모함이라. 하물며 선산은 봄 가을로 상공이 다니는 곳이니, 제가 고생하는 것을 보고 남자의 마음이 풀어지기를 바라는 것이라. 만일 한림이 마음을 고쳐먹으면 다시는 돌이킬 수 없을 것이오. 요즘 들리는 소리에 일가 종족들이 사씨를 불쌍하게 여긴다고 하니 자칫하면 모든 일이 허사가 될 것이라. 지금에 와서 사씨를 함부로 죽일 수도 없다. 내게 좋은 계교가 있는데 아주 쉬운 것이라. 냉진이 돌아온다 하니 사씨를 속여 냉진의 처로 삼으면 모든 일이 끝날 것이라. 만약 이 일이 안 되면 그때 가서 다시 처치함이 좋을 것이오."

동청이 교씨에게 말했다.

"낭자의 생각이 정말 좋으니 사씨 속일 계교는 내 손 안에 있도다. 두부인의 이름으로 편지를 보내되 아들이 벼슬을 옮겨 다시 상경하게 되었으니 만나자 하고 또 인편을 보낼 것이니 따라오라고 하면 사씨가 아무리 총명해도 곧이들을 것이라. 냉진에게는 중간에 집을 하나 얻어 혼인 준비를 하고 있다가 사씨가 교자에서 내리면 협박하여 혼인을 강행하면 제 아무리 하늘을 나는 재주가 있다 해도 빠져나가지 못할 것이오."

교씨가 이 말을 듣고는 손뼉 치며 좋아하면서 즉시 두부인의 필적을 구해 주니 동청이 보기에 흉내 내기가 그다지 어렵지 않았다. 동청이 만든 가짜 편지를 교씨가 보니 두부인의 필적과 똑같았다. 동청이 즉시 봉하여 냉진에게 주며 계교를 자세히 일러주었다. 냉진은 사씨의 아름다움을 익히 들었기에 좋아서 어쩔 줄 모르며 백배 사례하고 급히 돌아가 혼인할 준비를 갖추었다.

사씨가 하루는 방에 앉아 베를 짜는데 문 밖에서 어떤 사람이 물었다.

"이 댁이 유한림 부인 사씨가 계신 곳이요?"

문지기가 그렇다고 대답하면서 온 이유를 물으니 그 사람이 대답했다.

"서울에 있는 두부인의 집에서 왔노라."

문지기가 또 물었다.

"두부인은 두상공께서 임지로 모시고 가고, 지금 그 댁은 비었는데 무슨 이유로 대체 누구의 명을 받고 왔는고?"

그 사람이 말했다.

"그대 아직 소식을 듣지 못했는가? 우리 상공께서 장사 지방에서 추관 벼슬을 하시다가 다시 한림 벼슬을 제수 받고 상경하게 되었는데 두부인께서 먼저 올라오신지라. 사부인께서 여기에 계신다는 말을 들으시고 나를 급히 보내 문안을 드리라 하시니 여기 그 편지를 가져왔노라."

문지기가 받아서 부인께 전하니 그 편지에는 이별 후의 그리움과 아들이 벼슬을 옮겨 상경한 사연이 적혀 있었다. 아래와 같은 내용도 있었다.

"내가 서울을 떠나는 바람에 그대가 이 지경에 놓였으니 이제 와서 한탄한들 어찌하리오. 머물러 있는 곳이 이치에 맞지 않고 산속의 사나운 사람들이 겁탈할까 걱정이 되니 내 집에 와서 서로 의지하면 만사가 편안하리라. 그대가 응낙한다면 교자를 보내리라."

 사씨는 편지를 다 읽고 나서 두부인이 상경했다는 소식에 기쁨을 감추지 못했다. 필적이 틀림없으니 추호도 의심하지 않고 응낙하는 편지를 써서 보내고는 이 날 밤에 혼자 앉아 생각했다.

 '이곳이 비록 산골이지만 선산을 바라보며 신세를 위로하며 지냈는데 이제 떠나게 되었으니 마음이 자못 처량하구나.'

 그러면서 베개에 기대어 잠을 이루지 못했는데 꿈결에 한 사람이 와서 말했다.

 "상공과 부인이 청하시나이다."

 사씨가 눈을 들어 보니 전에 유소사가 부리던 시비였다. 즉시 일어나 그 사람을 따라 한 곳에 도착하니 시비 여러 명이 나와 사씨를 맞이하며 말했다.

 "상공과 부인께서 방안에서 기다리시나이다."

 사씨가 방으로 들어가니 유소사와 부인이 나란히 앉아 있는데, 용모가 완연히 살아 있을 때와 같았다. 반가움을 이기지 못해 절하고 흐느끼자 유소사가 사씨를 무릎 아래에 앉히고 위로하며 말했다.

 "아들이 참언을 들어 어진 며느리를 괴롭히니 마음이 편치 못하도다. 그러나 이승과 저승 길이 달라 구하지 못한다. 또 사람마다 정해진 운세가 있으니 찾아오는 재앙은 피하지 못할지라. 내 바람과 구름을 타고 옛집에 이르면 다만 눈물을 뿌릴 따름이라. 이제 그대를 만나자고 한 것은 다름이 아니라 오늘 두부인이 보낸 서찰은 진짜가 아니라 위조되었으니 자세히 보면 알 것이니라."

 시어머니인 최부인이 사씨의 손을 잡고 말했다.

 "내 세상을 일찍 이별하여 며느리를 보지 못했으니 머리를 들어 내 얼굴을 보라. 그대가 아들과 함께 제사를 받들면 기뻐하며 그대가 주는 잔을 받아 마셨는데 이제 간악한 교씨가 제사를 받들면 내 어찌 즐기리오. 그대가 쫓겨난 후로는 우리도 집에 가지 않고 이곳에서 그대에게 의지하노라. 그대에게는 7년의 액운이 있으니 남쪽으로 물길을 따라 오천 리를 피해 가라. 이후 6년 4월 15일에 배를 백빈주에 매어 두었다가 위기에 처한 사람을 구하라. 이 말은 반드시 명심할지어다."

사씨가 정신을 차리니 꿈이었다. 그러나 꿈이 선명하여 현실과 다름없으니 유모와 시비에게 꿈을 말하며 두부인의 편지를 자세히 살폈다. 처음에는 분간을 하지 못하다가 갑자기 깨우쳐 말했다.

"두추관의 부친 이름에 '강' 자가 있어 두부인께서 항상 그 글자를 쓰지 않으셨는데 이 편지에는 '강' 자가 쓰였으니 가짜로다."

이윽고 새벽이 되자 사씨가 유모에게 말했다.

"시부모께서 분명히 남쪽 물길을 따라 오천 리를 가라고 하셨는데, 장사 땅이 남쪽에 있고 두부인이 가실 때에 물길로 오천여 리나 된다 하셨다. 그러니 두부인을 찾아가 의지하라는 말씀이니 어찌 가지 않으리오."

그러고는 서둘러 남쪽으로 가는 배를 구하는 중에 갑자기 문지기가 고했다.

"두부인 댁에서 교자를 가지고 왔으니 어찌하리까?"

사씨가 말했다.

"어젯밤에 감기가 들어서 일어나지 못하니 며칠 후 몸이 나으면 가겠다고 전하라."

문지기가 이대로 전하니 교자꾼이 별 수 없이 돌아갔다. 교자가 다시 돌아온 것을 본 동청이 말했다.

"사씨는 원래 총명한 사람이라. 분명히 편지를 의심하여 일부러 병이 낫다고 하는 것이다."

냉진이 말했다.

"이미 내친걸음이니 사람들을 데리고 가서 숨어 있다가 밤을 틈타 강제로 잡아오는 것이 좋을까 하노라."

동청 역시 그 의견에 찬성했다. 이에 냉진이 무뢰배 수십 인을 데리고 묘 아래로 갔다. 한편 사씨는 배를 구하지 못해 걱정하고 있는데 마침 통주로 가는 장삿배를 만나게 되었다. 그런데 이 배의 주인은 장삼이라는 사람으로 원래 두부인 집의 하인이었다. 지금은 생강 장사를 하는데 장사 지방을 지나갈 것이라고 했다. 사씨가 매우 기뻐하며 말했다.

"두부인 댁 하인이면 내 집의 하인이나 다를 바가 없으니 이 또한 하늘의 도움을 얻었도다."

하고는 드디어 그 배에 올랐다. 다만 행적을 감추려고 이웃 사람들에게는 친정인 신성현으로 간다고 말했다.

한편 냉진은 사람들을 모아서 밤을 틈타 사씨의 초가를 습격했다. 그런데 사람의 그림자는 보이지 않았다. 어쩔 수 없이 돌아와 동청에게 이 사연을 전하며 매우 애달프게 여겼다. 다시 사람을 흩어 사방으로 사씨의 종적을 찾았지만 찾지 못했다.

장삼은 사씨를 태우고 장사로 가는데 사씨가 누구인지 이미 아는 까닭에 조금도 거만하거나 경솔한 행동을 하지 못했다. 또 바람이 잔잔하고 물결이 고요하여 배는 쏜살같이 나아갔다. 사씨는 기뻐하며 빨리 장사에 도착하기만을 바랐다.

배를 탄 지 한 달 만에 홍강 근처에 도달하니 사씨는 장사가 점점 가까워 오는 줄 알고 마음을 안정할 수 있었다. 그런데 회음현에 이르러서는 갑자기 거센 바람이 불어 배가 움직이지 못했고 이 바람에 다수의 뱃사람이 병까지 들었다. 하는 수 없이 배를 강변에 정박하고 머물 집을 찾아 나섰다. 한 곳에 이르니 사립문이 강 쪽으로 나 있는 초가가 있었다. 주인을 부르니 한 여자가

나왔다. 여자의 나이는 열대여섯 살쯤으로 보였고 용모가 아름다워 마치 복숭아꽃이 강물에 비친 듯했다. 사씨를 공손하게 맞이하여 방으로 인도하고는 대접을 극진히 해주었다. 날이 저물자 사씨가 여자에게 물었다.

"낭자는 어찌 이런 곳에 어른 없이 혼자 사느뇨?"

여자가 대답했다.

"첩의 성은 임이고, 어미의 성은 변입니다. 어미는 건너 마을에서 일을 하는데 바람이 거세게 불어서 오지 못하였나이다."

이렇게 대답하고는 정성을 다해 저녁상을 차려 왔다. 촌가의 좋은 술과 산나물이 지극히 소담했다. 밤이 늦도록 여자와 담소를 나누었는데 사씨가 칭찬하며 말했다.

"길 가는 사람을 이토록 후하게 대접하니 감사함을 이기지 못하노라. 올해 나이가 얼마나 되었는가?"

여자가 공손히 대답했다.

"미천한 나이 열여섯이로소이다. 천한 집에 오셔서 귀한 몸이 불편하실까 황공하여이다."

사씨가 거듭 사례하고 그 날 밤을 지내고 다음 날 떠나려 했다. 그런데 바람이 멈추지 않았다. 하는 수 없이 3일을 더 머물게 되었는데 여자의 대접이 더욱 극진하였다. 길을 떠날 때 사씨가 주머니 속에 남아 있는 반지 하나를 꺼내 여자를 주며 말했다.

"비록 보잘것없지만 손에 간직해서 서로의 정을 잊지 마라."

여자가 사양하며 말했다.

"이것은 부인의 여정에 요긴하게 쓰일 물건인데 첩이 어찌 받을 수 있으리까?"

사씨가 말했다.

"장사가 멀지 않았고 그곳에 가면 이것은 쓸데없으니 사양하지 마라."

여자가 반지를 받고 눈물을 흘리며 이별했다.

사씨 일행이 배를 다시 탄 지 며칠 되지 않아 늙은 하인이 병들어 죽고 말았다. 물길에 익숙하지 않은 탓이었다. 슬픔을 이기지 못해 배를 잠시 멈추고 강가에 묻어 주고 다시 떠났다. 장사까지는 이제 얼마 남지 않았다. 사씨는 더욱더 빨리 가기를 재촉했다.

그러나 사씨의 액운이 점점 더 다가오는지라. 갑자기 거센 풍랑이 일고 배가 바람에 흔들려 그만 동정호로 접어들어 악양루 아래를 지나게 되었다. 이곳은 옛날 초나라 땅이다. 순임금이 죽자 그것을 슬퍼한 두 명의 왕비 아황과 여영이 소상강가에서 피눈물을 흘렸고, 그 피눈물이 대나무에 스며들어 점이 아롱지게 되었다는 소상반죽瀟湘斑竹이 있는 곳이다. 초나라의 충신 굴원이 간신의 참소를 만나 피해 있다가 멱라수汨羅水에 투신자살한 곳이기도 했다. 그러므로 이곳은 슬프지 않은 사람도 자연 눈물을 흘리게 하는 땅이니 신세가 처량한 사람에게는 말할 것도 없었다. 이 지경에 이른 사씨의 심정이야 오죽하리오.

배에서 밤이 새도록 잠을 이루지 못하였는데 다른 배 사람들의 소리를 들으니 두추관은 백성을 잘 돌보다가 다른 곳으로 갔고 새로 부임한 사람은 백성을 괴롭힌다는 소식이었다. 장삼에게 자세한 사정을 알아오게 했다. 장삼이 다녀와서 말했다.

"두추관께서 장사 마을을 잘 다스리자 벼슬이 높아져 성도 땅으로 부임하셨다 하나이다."

이 말을 들은 사씨는 하도 어이가 없어 한탄하며 장삼에게 말했다.

"두부인이 이미 성도로 가셨다 하니 장사로 갈 수 없고 여기에서 머물 수도 없으니 너는 우리 세 사람을 여기에 내려놓고 갈 길을 가라."

장삼이 말했다.

"그러면 부인은 어디로 가시려 하옵나이까?"

사씨가 말했다.

"내 갈 곳은 굳이 물을 바 아니니 너는 너의 길을 가라."

유모와 시비가 이 말을 듣고 어쩔 줄을 몰라 서로 붙들고 통곡했다. 장삼은 세 사람을 강가에 내려놓고 사씨에게 하직 인사를 하며 말했다.

"천금같이 귀한 몸을 잘 돌보소서."

드디어 장삼이 배를 저어 떠났다. 유모가 사씨에게 말했다.

"의지할 곳 하나 없는 이곳에서 노자마저 떨어졌는지라. 부인께서는 앞으로 어찌하려 하시나이까?"

사씨가 탄식하며 말했다.

"이 모든 게 하늘이 정한 운수이니 굳이 걱정해서 무엇하랴? 그러나 이제 내 신세를 생각하면 스스로 화를 당한 것이다. 하늘이 만든 화는 피할 수 있지만 스스로 만든 화는 피할 수 없다고 했으니 어찌하리오."

유모가 위로하며 말했다.

"부인께서 한때 액운이 있다고 하오나 하늘이 굽어보고 있사오니 너무 슬퍼하지 마옵소서."

사씨가 말했다.

"하늘의 도움으로 고난을 벗어난 사람들도 있지만 나는 그렇지 않을 것이다. 이 나약한 몸이 하늘로 올라가지 못하고 땅으로 들어가지도 못하니 어찌하리오. 차라리 죽어서 절개를 지키는 것만 같지 못하도다."

유모와 시비가 울며 말했다.

"소인들이 지금까지 부인과 함께 하였으니 마땅히 생사고락을 같이할 것이옵니다. 부인께서 물에 빠져 죽으려 하시면 소인들도 뒤따르고자 하나이다."

사씨가 말했다.

"나는 죄인이니 죽는 것이 마땅하지만 너희가 복 없는 내 뒤를 따르는 것은 있을 수 없는 일이다. 마땅한 곳을 찾아가 의탁하면 살 길이 있을 것이다. 아무쪼록 목숨을 보전하다가 북쪽 사람을 만나면 내가 이곳에서 죽은 줄을 알게 하라."

말을 마치고 붓을 들어 큰 나무에 "모년 모월 모일에 사씨 정옥은 이 물에 빠지노라."고 썼다. 그러고는 하늘을 우러러 탄식하며 말했다.

"하늘이 어찌 나를 이 지경에 처하도록 하시나이까? 어진 사람에게는 복을 내리시고 죄 있는 사람에게는 죄를 주신다 하더니 진실로 헛된 말이로다. 옛날 충신들도 물에 빠져 죽었으니 내 죽음이 마땅하도다. 시부모님과 친정 부모님의 신령이 곁에 계신다면 불쌍한 넋을 인도하소서."

그리고 유모와 시비에게 말했다.

"내가 조상의 사당에 고하지 못하고 인아와 동생을 만나 보지 못하는 지극한 한을 품고 죽는구나. 죽은들 어찌 온전한 귀신이 되리오."

세 사람이 붙들고 굽어보니 물결은 흉흉하고 음산한 구름이 사방에 쌓이고 원숭이 소리와 귀신 소리가 슬픈지라. 서로 붙들고 통곡하다가 사씨는 그만 기절하고 말았다. 유모와 시비가 망극하여 서둘러 손발을 주무르며 구하려 하였다.

사정옥이 하늘의 도움으로 묘혜대사를 만나다

사씨는 정신이 몽롱한 상태인데, 이상한 향기가 코를 찌르고, 장신구 소리가 은은하게 들려왔다. 눈을 들어 자세히 보니 푸른 옷을 입은 여동女童 두 명이 앞에 와서 말했다.

"마마께서 부인을 부르시더이다."

사씨가 말했다.

"마마는 누구시며 어디에 계시오?"

여동이 말했다.

"가 보면 자연히 알 것이옵니다."

사씨가 즉시 여동을 따라 대나무 수풀을 지나 백 걸음 정도를 가니 화려한 성이 나타났다. 웅장한 정도로 보아서는 대궐임이 분명했다. 높고 빛나는 누각은 구름 속에 솟아 있고, 유리로 만든 기와와 백옥 계단은 찬란하고도 엄숙하여 인간 세상의 것과 달랐다.

여동이 잠깐 기다리라고 했다. 사씨가 문틈으로 엿보니 넓은 뜰에 금으로 만든 절월*과 구름 같은 깃발이 좌우에 펼쳐 있었다. 맑고 부드러운 음악이 연주되어 사씨의 불편한 마음이 다소나마 풀어지는 듯했다. 여자 관리가 지체 높은 부인 백여 명을 계단 아래에 차례로 세웠는데 한결같이 화려했다. 자줏빛 관복을 입은 여자가 계단 위에서 주렴을 높이 걷고 황금 향로에 향을 피우고 전으로 올라갔다. 사씨가 여동에게 물었다.

"대관절 무슨 일인고?"

여동이 말했다.

"오늘이 보름날인 까닭에 모든 이름난 부인들이 우리 마마께 문안을 드리나이다."

말이 미처 끝나기도 전에 몇 명의 시녀가 내려와 말했다.

"사부인을 모시고 왔느냐?"

여동이 말했다.

"모시고 왔나이다."

사씨를 인도하여 계단 아래에 세우고 마마께 인사를 하라고 하거늘 사씨가 공손히 네 번 절을 하니 전 위에서 말했다.

"사씨를 오르게 하라."

여동이 인도하여 데리고 가니 마마께서 자리를 내주시며 편하게 앉으라고 했다. 사씨가 자리에 앉아 잠시 눈을 들어 보니 그 여인은 구름치마와 안개저고리를 입은 선녀가 분명했다. 그 옆에 한 부인이 앉았는데 위엄과 거동이 마마와 거의 비슷했다. 이에 마마가 물었다.

"부인은 나를 알아보겠소?"

사씨가 대답했다.

"첩은 인간 세상의 하루살이 같은 인생이라. 일찍이 마마를 뵌 적이 없사오니 어찌 알겠사옵니까?"

마마가 말했다.

"부인이 공부를 열심히 한 탓에 분명 우리 이름을 알 것이라. 우리는 요임금의 두 딸이자 순임금의 두 아내라."

이 말을 듣자 사씨는 머리를 조아리며 땅에 엎드려 말했다.

---

* 절월(節鉞) | 임금의 권위를 상징하는 것으로 손에 드는 작은 깃발과 도끼를 말한다.

"인간 세상의 천한 여자가 책을 통해서나마 마마님의 성덕을 존경하옵더니 이곳에서 이렇게 뵙게 될 줄은 정말 뜻밖이옵니다."

마마가 말했다.

"부인을 부른 것은 다름이 아니라 다 부인을 위함이오. 부인이 귀한 몸을 가볍게 여겨 물에 빠져 죽으려 하니 이것은 하늘의 뜻이 아니라. 부인은 하늘이 무심하다고 원망했는데 이 또한 부인이 잠시 잘못 생각한 것이오. 이에 특별히 초청하여 그대의 울적한 회포를 듣고 위로하고자 하노라."

사씨가 대답했다.

"마마의 가르침이 이와 같으시니 소첩의 마음을 말씀드리겠나이다. 소첩은 원래 보잘것없는 집안의 딸이옵니다. 일찍 부친이 죽은 탓에 배운 행실이 없었는데 분에 넘치게도 유씨와 혼인을 하였습니다. 그런데 시아버님께서 돌아가신 후 집안 사정이 크게 변해 씻지 못할 누명을 썼습니다. 시가에서 쫓겨나 시부모님 묘 아래에서 살다가 결국은 천지를 떠도는 몸이 되었습니다. 이제 물에 빠져 죽으려 했는데 마마님께 심려를 끼쳐드렸으니 첩의 죄는 죽어 마땅하옵니다."

마마가 말했다.

"하늘이 정한 운수는 사람의 힘으로는 도리가 없나니 어찌 자살을 하며 하늘을 원망하리오. 유씨 집안은 원래 선善을 많이 쌓은 집안이라. 다만 유한림이 너무 일찍 높은 벼슬자리에 올랐고, 사리에 통달하지만 주도면밀하지 못한 부분이 있는 까닭에 잠시 재앙을 내려 경계하려 함이라. 이 일은 부인이 집에 있으면 안 되므로 하늘이 부인을 밖으로 나가게 한 것이니 어찌 이렇게 조급하시오. 부인을 참소하는 사람은 지금은 의기양양해 있지만 옳고 그름을 말하자면 입이 더러울지라. 장차 하늘이 큰 벌을 내릴 것이오."

말을 마치고 시녀에게 차를 가져오라고 하면서 다시 말했다.

"그대 여기에 온 지 오래되었으니 하인들이 분명 의심할 것이라. 빨리 돌아가시오."

이에 사씨가 말했다.

"첩은 미천한 사람이라. 비록 마마의 부르심을 입어 이곳에 왔사오나 돌아가면 진실로 의지하여 살 곳이 없나이다. 속절없이 몸을 강물에 던져 죽을지라. 마마께서 저를 더럽게 여기지 않으신다면 시녀가 되어 이곳에 있기를 바라나이다."

마마가 웃으며 말했다.

"부인이 이곳에 오긴 오겠지만 아직 때가 멀었소. 남해 도인이 그대와 인연이 있으니 잠깐 의탁하게 될 것이오. 이 또한 하늘의 뜻이니라."

사씨가 여쭈었다.

"남해라면 바다 끝으로 알고 있사옵니다. 첩에게는 탈 것이 없고 돈도 없는데 어찌 갈 수 있겠나이까?"

마마가 말했다.

"조만간 길을 인도하는 자가 있을 것이니 조금도 염려 마라."

이윽고 좌우에 앉아 있는 부인들을 하나하나 소개했다. 위국부인衛國婦人 장강*, 한나라의 반첩여* 등이 있었다. 사씨가 다소곳이 일어나 머리를 조아리고 말했다.

"뜻밖에도 모든 부인님의 얼굴을 오늘 뵙게 되니 크나큰 영광입니다."

드디어 하직을 하고 여동의 인도를 받아 내려오는데 걸었던 주렴을 내리는 소리가 요란하였다. 이 소리에 놀라 몸을 일으키니 유모와 시비가 부인이 깨

---

* 장강(蔣姜) | 중국 춘추전국시대 위장공(衛莊公)의 아내로 매우 아름다웠지만 자식을 낳지 못했다고 한다.
* 반첩여(班婕妤) | 중국 한나라 성(成)임금의 후궁. 조비연(趙飛燕)이라는 다른 후궁의 모함을 받은 여인이다.

신다 하고 부르거늘 사씨가 일어나 앉으니 이미 날이 저물었다. 멍한 정신이 한참 만에야 진정되었다. 입에서는 향기로운 냄새가 났고 마마께서 하시던 말씀이 뚜렷했다. 유모에게 물었다.

"내가 어디 갔다 왔느냐?"

유모와 시비가 대답했다

"부인께서 기절하는 바람에 소인들이 간호하여 이제야 깨어나셨는데 어디를 가셨단 말입니까?"

사씨가 조금 전에 있었던 일을 다 말하고 대나무 수풀을 가리키며 말했다.

"분명히 저 길로 갔다 왔으니 어찌 꿈이라 하리오. 믿지 못하겠다면 나를 따라오라."

그러고는 길을 찾아 대나무 수풀 뒤쪽으로 가니 사당이 하나 있었다. 현판이 걸려 있는데 '황릉묘*'라고 쓰여 있었다. 분명 아황과 여영, 두 왕비의 묘로 꿈에서 본 것과 같았다. 사당 안으로 들어가 살펴보니 두 왕비의 초상화가 걸려 있는데 꿈에서 본 것과 같았다. 이에 사씨가 향을 피우고 절하며 말했다.

"첩이 마마의 가르치심을 입어 훗날 좋은 시절을 만나서 영화를 누리게 된다면 어찌 그 은혜를 잊으리까?"

분향을 마친 후 앉아서 신세를 생각하니 슬픔이 밀려왔다. 시녀를 시켜 묘지기 집에 가서 밥을 구해 와서는 세 사람이 나누어 먹었다. 이윽고 사씨가 말했다.

"의지할 곳이 없으니 신령이 나를 놀리시는구나."

앞길이 막막하여 어쩔 줄 모르는 중 벌써 달이 밝았다. 세 사람이 방황하고 있는데 묘 문으로 두 사람이 들어와 물었다.

---

* 황릉묘(黃陵廟) | 순임금의 두 왕비인 아황과 여영이 상강물에 빠져 죽은 후 세운 사당.

"어려움을 만나 물에 빠지려 하시는 부인이 아니오니까?"

사씨가 눈을 들어 자세히 보니 한 명은 여승이고 다른 한 명은 여동이었다. 크게 놀라며 말했다.

"어찌 우리를 아는가?"

여승이 합장하고 말했다.

"우리는 동정 군산에 사는 사람인데 조금 전 꿈결에 관음보살께서 어진 여자가 화를 만나 날이 저물어 갈 곳을 몰라 방황하니 급히 황릉묘로 가서 구하라고 하셨습니다. 이에 배를 저어 와서 부인을 만나게 되었습니다."

사씨가 말했다.

"다 죽어가는 사람이 스님의 도움을 얻었으니 참으로 고마운 일입니다만 스님께 폐를 끼치는 것이 아닌지 모르겠습니다."

여승이 말했다.

"출가한 사람은 자비로움을 근본으로 하는 법입니다. 게다가 관음보살의 지시가 있었는데 어찌 그런 말씀을 하십니까?"

즉시 사씨와 유모, 시비를 배에 태우고 여동에게 배를 젓게 했다. 갑자기 순풍이 불어 배가 순식간에 군산에 도착했다. 군산은 둘레가 칠백 리인 동정호 가운데에 있는 산이다. 산속에는 바위가 많고 대나무 숲이 가득 들어차 있었다. 여승이 사씨를 붙들어 올리고 달빛을 의지하여 길을 찾아 나아갔다. 열 걸음에 한 번씩 쉬어가며 암자에 도착하니 그 암자의 이름은 수월암이었다. 그윽하고 정결하여 인간 세상 같지 않았다. 세 사람이 하루 종일 고생을 한 탓에 피곤하여 곧장 잠이 들었다. 날이 밝자 여승이 불당을 청소하고 향을 피우고 종을 치며 사씨를 깨워 예불을 드리라고 했다. 사씨 일행이 일어나 함께 청소하고 불당에 올라 불상을 향해 예불을 드렸다. 사씨가 눈을 들어 불상을 보니 화상이 걸렸는데 이것은 16년 전 자기가 찬을 지은 흰 옷 입은 관음화상이었다. 이곳에서 이 그림을 보자 감회가 새로워 눈물을 흘렸다. 여승이 눈물을 흘리는 이유를 묻자 찬을 지은 일을 말해 주었다. 그러자 여승이 매우 놀라며 말했다.

"그렇다면 부인은 분명히 신성현 사급사 댁 소저로다. 얼굴이 낯익음을 이상하게 여기고 있었나이다. 소승은 다른 사람이 아니라 바로 그때 찬문을 받아온 우화암의 묘혜로소이다. 소승이 유소사의 명을 받아 부인의 글을 받아 왔는데, 유소사께서 기뻐하시면서 혼인을 정하고 시주를 많이 하셨습니다. 혼인을 보려 했는데 스승께서 급하게 찾는 바람에 산으로 돌아와 스승을 따라 10년 동안 수도를 하였습니다. 그러던 중 스승께서 돌아가시자 이곳에 와서 암자를 짓고 수도를 하면서 불상을 볼 때마다 항상 소저를 생각했습니다. 대체 부인은 무슨 사정으로 이 지경이 되셨나이까?"

사씨가 유한림과 혼인하고 유소사가 돌아가신 후의 곡절을 자세히 말하니 묘혜가 탄식하며 말했다.

"세상일이라는 것이 원래 그런 것이오니 부인은 걱정하지 마옵소서."

이후로 사씨는 항상 부처님께 기도를 하면서 유한림의 깨달음과 아들 인아와의 상봉을 빌었다. 하루는 묘혜가 사씨에게 말했다.

"부인께서는 지금 절에 계십니다. 그러니 복장을 어떻게 하시렵니까?"

사씨가 말했다.

"어쩔 수 없어 이곳에 있는 것이니 복장을 바꾸는 것은 원치 않소."

묘혜가 말했다.

"소승이 사주팔자를 조금 볼 줄 아니 부인의 사주를 말씀해 주소서."

사씨가 사주를 말하니 묘혜가 고개를 끄덕이며 사주를 풀다가 칭찬하면서 말했다.

"팔자는 매우 길하고 귀하십니다. 초년에는 재앙이 크지만 나중에는 부부가 다시 만나며 아들과의 인연도 완전해져 끝없는 복을 누릴 것입니다."

사씨가 말했다.

"과찬이로다. 복 없는 인생이 어찌 그런 영화를 누리겠소."

이런저런 대화를 나누다가 전에 강가에서 만나서 후한 대접을 받았던 임씨 여자가 어질다며 칭찬하자 묘혜가 말했다.

"부인께서 소승의 질녀를 만났도다. 질녀의 이름은 취영인데 어미가 일찍 죽자 그 아비가 변씨 여자를 후처로 맞이했습니다. 그런데 그 아비 또한 죽으니 변씨가 취영을 소승에게 보내 불가에 귀의시키려 했습니다. 소승이 취영의 팔자를 보니 귀한 자식을 많이 낳아 복 받을 운세라 변씨에게 데리고 가라고 했습니다. 효성이 지극한 취영을 기특하게 여기는 중입니다."

사씨가 말했다.

"얻기 어려운 것은 어진 사람이라. 나는 사람의 마음을 얻지 못한 탓에 누명을 쓰고 이렇게 고생하니 어찌 한이 없으리오."

이에 묘혜가 말했다.

"이 모든 것은 하늘이 정한 운수입니다. 부인과 소승 역시 잠시 같이 있을 인연이 있사오니 그런 줄 아소서."

사씨가 말했다.

"여기에 머무는 것을 한탄함이 아니오. 내가 집을 떠났으니 인아의 신세가 외로울지라. 죽었는지 살았는지 걱정이 될뿐더러 한림에게 재앙이 없는지 걱정이 되며, 또 시부모님 묘 아래에 있을 때 시부모께서 나타나 6년 4월 모일에 백빈주에서 위기에 처한 사람을 구하라고 당부하신 일이 걱정이오."

묘혜가 말했다.

"유한림 상공께서는 복이 있으며 유씨 가문이 대대로 덕을 쌓았으니 어찌 요괴로운 사람이 침범하리까? 백빈주에서 급한 사람을 구하라 하신 것은 그

때 가서 어기지 말고 구하면 될 일이옵니다."

사씨가 그 말을 옳다고 여겼다. 이후로 사씨는 유모, 시비와 함께 바느질에 힘쓰면서 암자의 일을 도와주니 다른 여승들이 기뻐하면서 극진히 공경하였다.

교채란이 동청과 놀아나고 유연수가 귀향가다

그럭저럭 세월이 많이 흘렀다.

한편 냉진은 사씨를 데려오지 못해 동청을 보냈는데, 동청이 사람을 풀어 찾았지만 도무지 찾을 길이 없었다. 신성현으로 갔다는 소문이 있자 교씨가 유한림에게 말했다.

"사씨가 다른 남자를 따라갔다고 하니 참으로 음란한 여자라. 인아가 그 뱃속에서 태어났으니 분명 닮았을 것이옵니다. 사씨는 다른 남자에게 마음을 둔 지 오래되었으니 인아를 집에 두는 것이 조상에게 욕될까 하나이다."

한림이 말했다.

"예로부터 어미가 사납지만 자식이 어진 경우가 많았소. 인아의 골격도 선친과 나를 닮았으니 어찌 자식을 버리리오."

교씨는 아무 말도 하지 못했다. 이후로 한림은 교씨에게 더욱 마음이 끌렸지만 인아에게는 이롭지 않은 일임을 알고 유모에게 당부하여 교씨가 해치지 못하게 했다. 교씨는 갈수록 간악하고 방자해져 음란한 음악과 요괴로운 노래로 한림을 유혹했다. 다른 한편으로는 혹독한 형벌로 하인을 다스리며 자기를 비방하는 자가 있으면 혀를 뽑아 버렸다. 이로 인해 집안사람들이 두려워서 교씨를 감히 바로 쳐다보지 못했다. 한림이 조정에서 자고 오는 날이면 동청을 백자당으로 불러 음란한 일을 일삼았다. 집안사람 중에 교씨의 이런 행동을 아는 사람이 많았지만 후환이 두려워 입 밖에 내지 않았다.

하루는 황제께서 하늘에 제사를 올리시는 탓에 한림도 궁중에 머물렀다.

마침 황제께서 옥체가 불편하시어 제사를 올리지 못하자 한림도 집으로 돌아왔다. 이때는 아직 날이 밝기 전인데 교씨가 백자당에서 동청과 함께 자고 있었다. 시비인 취향 등이 이 일을 한림에게 알리려는 목적으로 말했다.

"부인께서는 지금 백자당에 계십니다."

한림이 백자당으로 발길을 돌렸다. 교씨가 이 말을 듣고 놀라 당황하며 급히 동청을 깨워 담을 넘어가게 하고는 내당으로 왔다. 한림 역시 다시 내당으로 와서는 교씨에게 말했다.

"백자당은 오랫동안 청소하지 않았고 후미진 곳인데 무슨 일이 있어 내당을 떠나 그곳으로 갔소?"

교씨는 일이 발각되었는가 싶어 속으로 무척 당황했지만 겉으로는 태연하게 대답했다.

"내당에 있은 후로는 마음이 심란하여 혼자 있을 때는 자주 가위에 눌리기도 합니다. 그래서 가끔 옛 처소에 가서 자곤 하나이다."

한림이 말했다.

"나도 요즘 꿈자리가 심란한데 외당에서 자는 날에는 평안하니 이상하다. 용한 점쟁이를 불러 물어 보리라."

이때 황제께서 기도하는 일에만 몰두하자 서해라는 사람이 상소하여 승상 엄숭을 탄핵하는 일이 발생했다. 이 일로 황제께서 격노하여 서해를 파면하자 유한림이 서해를 용서해 달라는 상소를 올렸다. 황제께서는 도리어 한림을 꾸중하고 하교하셨다.

"이후 기도를 방해하는 자가 있으면 목을 베리라."

한림은 병을 핑계 삼아 조정에 나가지 않았다. 한림과 친한 사람 중에 도진인이라는 도사가 있는데 문병 차 한림을 방문했다. 한림이 다른 손님들을 다 내보내고 도사에게 물었다.

"요사이 꿈자리가 불길하니 도사는 내 기운을 살피라."

도사가 한림을 두루 살펴보고는 말했다.

"대단한 것은 아니지만 좋지 않은 일이 있다."

말을 마치고 도사는 벽을 파헤쳐 나무로 된 인형들을 꺼냈다. 이것을 본 한림이 놀라 어쩔 줄을 모르자 도사가 웃으며 말했다.

"이는 다름이 아니라 상공의 첩 중에서 투기를 하는 사람이 한 일이다. 예전에도 이런 일이 있어 사람의 정신을 유혹했는데 없애 버리면 별 탈이 없을 것이니라."

이에 나무 인형들을 불태워 버리고 한림에게 말했다.

"그대의 두 눈썹 사이에 흉한 기운이 서려 있고 집안의 기운도 좋지 않다. 주인이 집을 떠날 조짐이니 조심하기를 바라노라."

한림이 사례하고 돌려보낸 후 생각했다.

'전에는 사씨를 의심했지만 지금은 사씨가 없고 그 뒤 방을 수리했다. 그런데도 이런 일이 있으니 다른 사람의 소행인지라. 혹 사씨가 누명을 쓴 것은 아닌가?'

이 일은 원래 교씨가 십랑과 같이 한 짓이다. 한림이 교씨의 짓인 줄은 아직 깨닫지 못했다. 그러나 지금까지 자신의 총명한 기운을 막던 요괴로운 물건을 없앴더니 예전의 총명함이 다시 돌아왔다. 머리를 숙이고 4~5년 전의 일을 생각하니 아득한 꿈에서 갓 깨어난 것 같았다. 바로 이때 장사에서 보낸 두부인의 편지가 도착했다. 그 편지는 두부인이 아직 사씨 내친 일을 모르고 쓴 것으로 사씨에 대한 걱정이 간절하게 적혀 있었다. 한림이 두 번 세 번 볼수록 편지의 내용이 사리에 맞음을 알고 마음속으로 생각했다.

'사씨를 내칠 때 죄 지은 증거가 명백하지 않았고, 옥가락지를 내 직접 보았지만 다른 사람이 훔친 것일 수도 있다. 장주를 죽인 일은 시비 춘빙이 죽

어가면서도 시인을 하지 않았으니 이상하도다.'

이렇게 생각하니 마음이 편안하지 않았다. 교씨는 한림의 기색이 전과 다름을 보고 적잖이 두려워하면서 동청에게 말했다.

"한림의 기색이 전과 다르니 혹시 우리 일을 아는 것은 아닌가?"

동청이 말했다.

"우리 일을 집안사람이 다 알지만 한림의 귀에 들어가지 않음은 사람들이 부인을 두려워하는 까닭이라. 만약 한림이 의심하기 시작하면 말하는 사람이 매우 많을 것이니 우리는 영락없이 죽을 것이오."

교씨가 말했다.

"그렇다면 낭군은 좋은 계책을 생각하여 화를 면하게 하오."

동청이 말했다.

"오직 한 가지 방법이 있소. 몰래 음식에 독을 타서 한림을 죽이고 우리가 부부가 되는 것이라."

교씨가 말했다.

"그 말은 옳지만 만약 들통이 나면 큰일이니 은밀히 실행하리라."

한림은 병을 핑계 삼은 지 오래되어 집에만 있을 수 없었다. 이에 외출을 한 사이에 교씨와 동청이 서실로 가서 대화를 나누었다. 동청이 우연히 책상 위에 있는 글을 발견했는데 한림이 지은 것이었다. 두어 번 보고는 환한 얼굴로 말했다.

"하늘이 우리 두 사람을 부부가 되게 하시는구나."

교씨가 급히 물었다.

"대체 무슨 말이요?"

동청이 말했다.

"저번에 황제께서 기도를 말리는 자를 처참하겠다고 했는데, 한림의 글에는 지금 정책을 비판하며 엄숭을 간악한 무리라고 하였소. 이제 이 글을 가지고 엄승상을 찾아가면 반드시 황제에게 고할 것이며 그렇게 된다면 한림은 죄를 면하지 못할지라. 그러면 우리 두 사람은 손쉽게 부부가 될 것이오."

교씨가 동청의 얼굴에 자기의 얼굴을 문지르며 말했다.

"서방님의 계책은 진실로 신기하도다."

말을 마치고 음란한 짓을 계속했다. 이윽고 동청이 유한림의 글을 가지고 승상 엄숭의 집으로 가서 대문을 두드리며 말했다.

"중요한 비밀이 있으니 빨리 엄승상께 보고하라."

이 말을 들은 엄숭이 즉시 동청을 불러 영문을 묻자 동청이 말했다.

"소생은 한림 유연수의 집에 거처하는 사람입니다. 유연수가 하는 말을 들으니 상공을 해칠 뜻을 품고 있는지라. 어제는 술에 취해 소생에게 말하기를, 엄숭이 황제를 잘못 인도하여 나라를 도탄에 빠지게 하니 글을 지어 울분을 삭이겠다고 했습니다. 소생이 이제 그 글을 훔쳐 승상께 바치나이다."

엄숭이 그 글을 받아 보니 과연 동청의 말과 같았다. 이에 차가운 웃음을 지으며 말했다.

"유연수와 그 아비가 유독 나에게 항복하지 않더니 망령된 아이가 국가를 희롱하고 나를 원망하니 죽을 작정을 했도다."

그러고는 그 글을 가지고 대궐에 들어가 황제께 고했다.

"요즘 나라의 기강이 허물어져 젊은 신하들이 국법을 두려워하지 않으니 참으로 한심하옵니다. 이제 성상께서 법을 굳게 세우셨는데 한림 유연수가 감히 신을 간신이라 욕하고 있사옵니다. 신이야 할 말이 없지만 성상을 희롱하였사오니 마땅히 국법으로 죄를 물을까 하나이다."

유한림의 글을 올리니 황제가 화가 나서 유연수를 감옥에 가두고 장차 사형으로 다스리고자 하셨다. 이때 조정에서 유연수를 용서하라는 상소가 많이 올라왔다. 엄숭이 속으로는 못마땅했지만 이목이 두려워 황제께 고했다.

"상소가 이렇게 올라오니 유연수를 죽이지 말고 유배를 보내는 것이 마땅하옵니다."

황제께서 허락하시니 엄숭이 관리에게 명을 내렸다.

"유연수를 행주 땅으로 유배 보내라."

이 소식을 들은 동청이 엄숭에게 말했다.

"그토록 큰 죄를 지었는데 어찌 죽이지 않습니까?"

엄숭이 말했다.

"상소를 올리는 사람이 많아 극형을 쓰지 못했도다. 그러나 행주 땅은 워낙 험한 곳이어서 살아 돌아오지 못할 것이라. 칼로 죽이나 매로 죽이나 무엇이 다르리오."

이 말을 들은 동청이 매우 기뻐했다.

한림이 유배지로 떠날 때 교씨가 하인들을 데리고 길에 나와 통곡하며 말했다.

"첩이 어찌 혼자만 편하게 지내리오. 상공을 따라 죽음과 삶을 함께 하려 하나이다."

한림이 말했다.

"내 험한 곳에 가서 살아 돌아오기를 기약하지 못하오. 그대는 편히 지내면서 제사를 받들고 인아를 잘 길러 혼인을 시킨다면 내 비록 죽더라도 마음을 놓으리다."

교씨가 대답했다.

"집안일은 걱정하지 마시고 부디 몸을 잘 돌보소서."

한림은 감옥에서 나올 적에 동청에 대해 잠시 들은 말이 있어 하인에게 물었다.

"동청은 어디 갔느냐?"

하인이 대답했다.

"집 나간 지 4~5일이 넘었지만 아직 돌아오지 않았나이다."

한림이 들은 말이 옳은 줄 알고는 분노했지만 다시 묻지 않고 유배지로 떠났다.

이후로 동청은 엄숭의 집에 가서 빌붙어 살면서 마침내 진유현의 현령*이 되었다. 이에 교씨에게 말했다.

"내 이제 진유의 현령이 되었으니 시비와 재산을 거두어 같이 가자."

교씨가 매우 기뻐하며 집안사람들에게는 먼 곳에 있는 사촌이 위독하여 문안 간다고 하고는 심복 시비 납매 등 5~6인과 인아와 봉아만을 데리고 떠나려 했다. 인아의 유모가 따라가려 하자 교씨가 말했다.

"인아가 이제는 젖을 먹지 않는다. 게다가 곧 돌아올 것이니 너는 남아서 집이나 잘 지켜라."

하고는 집안의 재물을 다 챙겨 집을 떠나니 아무도 막을 자가 없었다. 동청이 먼저 나와서 기다리다가 교씨를 만나자 반가워하며 말했다.

"인아는 원수의 자식이니 데려가서 쓸데없다. 죽여서 흔적을 없게 하라."

교씨 역시 그렇게 생각하여 즉시 설매를 불러 말했다.

"인아가 자라면 너와 내가 편하지 못할 것이니 빨리 물에 빠뜨려 죽여라."

설매가 이 말을 듣고 즉시 인아를 안고 물가로 갔다. 인아는 잠이 들었는데 그 모습을 보고는 생각했다.

'사부인의 성덕이 저 물결과 같거늘 이제와서 인아마저 해치면 어찌 하늘의 재앙이 없으리오.'

이렇게 생각하자 차마 인아를 죽이지는 못하고 물가의 수풀에 버리고 돌아왔다. 교씨에게는 물에 던져 죽였다고 거짓말을 했다. 동청과 교씨가 기뻐하며 행렬을 거느리고 배에 올라 술 먹고 노래 부르며 온갖 음란한 짓을 일삼았다. 이윽고 진유 지방에 도착하여 현령에 부임했다.

한편 유한림은 유배지에 도착하니 바람이 거세고 인심이 사나워 갖은 고초를 겪게 되었다. 외로운 가운데 이러한 고생을 하니 예전의 총명함이 점점 돌아와 뉘우치며 말했다.

"사씨가 동청을 꺼렸는데 이제 와서 생각하니 그 말이 옳도다. 어진 아내를 의심했으니 무슨 면목으로 조상을 대하리오."

밤낮 이런 생각을 하면서 탄식하니 병에 걸리고 말았다. 이곳에는 마땅한 의약이 없었다. 병세는 날로 심해져 죽을 지경에 이르렀다. 하루는 흰 옷 입은 노파가 병을 들고 와서 말했다.

"상공의 병이 위독하니 이 물을 먹으면 좋아지리라."

한림이 물었다.

"그대는 누구인데 유배당한 사람의 병을 구하시오?"

노파가 말했다.

"나는 동정호의 군산에 사는 사람이로다."

그러고는 병을 뜰 가운데 놓고 사라졌다. 한림이 놀라 일어나니 꿈이었다. 이상하게 생각했는데 다음 날 아침 하인이 뜰을 청소하다가 들어와 고했다.

"뜰에서 물이 솟아나옵니다."

한림이 이상하게 여겨 창을 열고 보니 꿈에 노파가 병을 놓았던 자리였다. 물을 한 그릇 떠오라고 해서 마시니 맛이 달고 상쾌한 것이 마치 단 이슬을 먹은 것 같았다. 원래 행주는 수질水質이 좋지 않은 곳이다. 한림의 병도 그렇게 좋지 않은 물 때문에 생긴 것이었다. 그런데 이 물을 먹은 즉시 병세가 사

---

* 현령(縣令) | 큰 현을 관장하는 종5품의 벼슬. 작은 현에는 현감을 두었다.

라지고 예전의 얼굴과 기력을 회복하였다. 그것을 본 사람들이 모두 신기하게 여겼다. 이후로도 그 샘은 마르지 않아 마을 사람들이 나누어 마셨다. 이로 인해 물로 인한 병이 없어지자 사람들이 그 샘을 학사정學士井이라고 하였는데 지금까지 전해진다.

한편 교씨와 같이 진유로 내려간 동청은 백성에게 무거운 세금을 물리고 온갖 부정을 저지르며 사리사욕을 채우며 엄숭에게 뇌물을 바쳤다. 그것도 부족하여 엄숭에게 글을 올렸다.

"진유는 작은 마을이라 보배가 적은 까닭에 재물을 많이 바치지 못하옵니다. 남쪽 지방 큰 마을로 임지를 옮겨 주시면 더욱더 정성을 다하리다."

이 글을 본 엄숭은 기특하게 여기며 즉시 황제께 고했다.

"진유 현령 동청이 문장이 뛰어나고 재주가 탁월하오니 마땅히 큰 소임을 감당할 수 있을 것이옵니다. 성상께서는 살피소서."

황제께서 말씀하셨다.

"그렇게 하도록 하라."

마침 계림 지방의 태수 자리가 공석으로 남아 있었다. 이에 동청을 계림 태수로 임명하니 동청과 교씨가 매우 기뻐하며 즉시 계림으로 가서 부임했다.

황제께서 태자를 책봉하신 후 대사면을 실시하여 유한림이 풀려났다. 그러나 유한림은 서울로 가지 못하고 고향 땅인 무창으로 향하였다. 며칠을 행하여 장사 근처에 도착했는데 음력 4월 초순이었다. 날씨가 더워 매우 피곤했다. 이에 길가 수풀의 그림자를 의지하여 쉬면서 생각했다.

'내가 3년 동안이나 험한 땅에 있으면서도 몸에 병이 없고 이렇게 풀려나게 된 것은 다 신령님의 도움이로다. 서울로 가서 처자식을 데려다가 농사짓고 고기를 잡으며 한가롭게 생활하면 어찌 즐겁지 않으리오.'

이러자 마음이 상쾌했다. 문득 북쪽에서 붉은 막대와 누른 깃발을 가진 사람이 치달리며 오고 있었다. 한림이 숲 속에 숨어서 보니 한 관원이 흰 말을 타고 금 안장에 앉아 오고 있었다. 따르는 무리가 많아 마치 구름 같았다. 그 관원이 한림 앞으로 지나가는데 자세히 보니 분명 동청이었다. 저 놈이 어떻게 저런 높은 벼슬을 하였는지 어리둥절할 뿐이었다. 다시 그 행렬을 살펴보니 자사가 아니면 태수의 행차가 분명했다. 세상일을 탄식하며 분노하기 시작했다. 그런 와중에 비단옷을 입은 시녀 십여 쌍이 온갖 보석으로 치장한 수레를 호위하며 지나갔다. 그 행렬을 본 후 한림은 주막을 찾아 쉬었다. 마침 건너편 주막에서 한 여자가 나오다가 한림을 보고 물었다.

"상공께서 어찌 이곳에 계시나이까?"

한림이 놀라 바라보니 설매였다. 매우 놀라며 말했다.

"나는 사면령을 입어 돌아가는 중이지만 너는 어찌 이곳에 왔느냐? 집안에는 별 일이 없느냐?"

설매가 황급히 한림을 사람이 없는 곳으로 모시고 가서 말했다.

"어찌 단숨에 다 고하리까? 상공께서는 조금 전에 지나간 행차를 보았나이까?"

한림이 대답했다.

"동청이 무슨 벼슬을 하였느냐?"

설매가 말했다.

"그 행차 다음에 지나간 여자가 누구라고 생각하시옵니까?"

한림이 대답했다.

"동청의 아내인가 하노라."

설매가 훌쩍이며 말했다.

"동태수의 아내는 바로 교부인이옵니다. 소인도 모시고 가다가 말에서 떨어져 옷을 갈아입고 가려고 이곳에 들어온 것이옵니다."

한림이 이 말을 듣자 어리둥절하여 한동안 말을 하지 못했다. 시간이 지난 후 겨우 마음을 진정하여 말했다.

"앞뒤 사정을 자세히 말하라."

설매가 머리를 조아리고 울면서 말했다.

"소인이 하늘을 속이고 주인을 저버린 죄가 너무 심하니 죽기를 바라나이다."

한림이 말했다.

"주인을 위하여 사실을 말하는데 어찌 죄를 주리오. 자세히만 고하라."

이에 설매가 말했다.

"사부인께서 아랫사람을 인자하게 다스렸지만 소인이 어리석었나이다. 납매와 교씨의 유혹에 빠져 옥가락지를 훔치고 장주 공자를 죽여 사부인께서 쫓겨나시게 되었사옵니다. 이 모든 것이 소인의 죄니 만 번 죽어도 마땅하옵니다. 교씨가 동청과 은밀하게 관계를 맺으면서 나무 인형을 숨겨 저주를 하고, 필적을 흉내 내고, 상공께서 유배 가게 하였사옵니다. 상공께서 유배를 떠나신 후, 동청이 진유 현령이 되었는데 교씨가 집안 재물을 다 가지고 따라갔나이다. 그 와중에 인아 공자를 물에 빠뜨리고 갔나이다."

한림이 인아가 죽었다는 말을 듣고는 외마디 소리를 지르며 기절하였다가 한참 만에 일어나 겨우 정신을 차리며 말했다.

"음란한 여자에게 속아 죄 없는 아내와 자식을 보전하지 못했으니 무슨 면목으로 살기를 바라리오."

설매가 말했다.

"소인이 인아 공자를 차마 물에 빠뜨리지 못하여 숲 속에 버리고 왔사오니 혹 하늘의 도우심이 있다면 근처 사람이 주워 보호할지도 모르는 일이옵니다."

한림이 이 말을 듣고는 매우 기뻐하며 말했다.

"그렇다면 다행히 살았을 것이다."

설매가 말했다.

"소인을 따라온 사람이 문 밖에서 기다리니 늦으면 교씨가 의심할 것이옵니다."

그러고는 황급히 나갔다가 다시 들어와 말했다.

"어제 어떤 사람을 만났는데 그 사람이 말하기를, 유한림 부인이 장사로 가다가 두추관이 자리를 옮겼다는 말을 듣고 물에 빠져 죽었다 하고 혹 살았다고도 하옵니다."

설매는 이 말을 남기고 급히 길을 떠났다. 이때 교씨는 설매가 돌아오지 않아 의심을 하던 터였다. 설매가 늦게 왔거늘 그 이유를 물으니 설매가 대답했다.

"말에서 떨어진 곳이 아파 빨리 오지 못했나이다."

교씨는 원래 의심이 많은 여자라 설매를 따라간 사람에게 물어 보니 그 사람이 말했다.

"주막에서 어떤 사람을 만나 늦었나이다."

교씨가 말했다.

"그 사람이 어떤 사람이라 하더냐?"

"행주에서 유배 살던 유한림이라 하더이다"

유한림이라는 소리에 교씨가 놀라며 그 용모를 물어 보니 틀림이 없는지라. 급히 동청을 불러 의논하니 동청이 기겁을 하며 말했다.

"그 놈이 남쪽 귀신이 될 줄 알았는데 살아서 돌아왔도다. 다시 힘을 얻으면 우리를 가만두지 않을 것이다."

이렇게 말하고는 건장한 하인 십여 명을 뽑아 말했다.

"큰 길을 따라가서 유한림을 찾아 죽이면 큰 상을 내릴 것이다."

하인들이 명을 듣고 밖으로 나갔다.

설매는 옛일을 뉘우치고 목을 매어 자결했다. 교씨는 설매를 잡아 죽이려고 했는데 이미 죽었으니 기분이 상쾌했다. 한림은 자신의 옛일을 뉘우치고는 신세를 한탄하며 길을 가다가 악주 지방에 있는 어떤 강가에 도착했다. 만나는 사람마다 붙잡고 사씨의 소식을 물어 보았지만 아는 사람이 없었다. 이곳저곳을 다니다가 한 노파를 만나 물어 보니 그 노파가 말했다.

"서울의 높은 집안 부인이 시비 두어 명을 데리고 악양루에 올라가 하룻밤을 자고 회사정 쪽으로 갔는데 그 뒷일은 모르겠노라."

이 말을 듣고는 강 위아래로 다니며 자취를 찾았는데 문득 보니 길가에 있는 큰 나무에 어떤 글이 쓰여 있었다.

"모년 모월 모일에 사씨 정옥은 이 물에 빠지노라."

한림이 보니 사씨의 필적이 틀림없었다. 분명히 죽은 것으로 생각하고는 통곡하다가 기절하고 말았다. 하인이 구했지만 한동안 정신을 차리지 못하다가 날이 저물어 겨우 정신을 차렸다. 하인이 날이 늦었음을 거듭 고하자 슬픔을 진정하고 생각했다.

"아름다운 행실과 어진 덕을 지닌 부인이 이제 물고기의 밥이 되어 시신도 찾지 못하니 어찌 슬프지 않으리오. 내 마땅히 제사를 지내 나의 슬픔을 표하리라."

여관으로 돌아와 촛불 아래 붓을 잡고 제문祭文을 지었다. 가슴이 막히고 눈물이 종이를 적시니 밤이 새도록 완성하지 못했다. 하인은 옆에서 태연하게 자고 있었는데 갑자기 밖에서 함성이 들리며 호랑이 같은 놈들이 창칼을 들고 들어와 호령했다.

"유연수만 잡고 나머지 사람은 해치지 마라."

한림이 놀라서 하인도 깨우지 못하고 혼자 뒤창으로 내달아 숲을 가로질러 무작정 달아났다. 달아나다가 보니 앞에 큰 강이 있어 길이 끊어지고 뒤에서는 쫓는 함성이 가까운지라. 하늘을 보고 탄식하며 말했다.

"내 일찍 아내를 박대하고 간사한 무리의 유혹에 빠져 이 지경에 이르렀으니 누구를 원망하리오. 이 강에 빠져 죽어 부인에게 용서를 구하리라."

물에 뛰어들려는 순간, 멀리 바람결에 어떤 소리가 들렸다. 어선漁船이라고 생각하고는 소리가 나는 곳으로 달려가 배를 찾았다.

유연수가 사정옥을 만나고
교채란 일당은 죄 값을 치르다

묘혜가 사씨를 모시고 세월을 보내다가 하루는 말했다.
"유소사께서 사월 보름날에 백빈주에 배를 가지고 가서 사람을 구하라고 하였는데 오늘이 바로 그 날이라. 마땅히 가야겠지요?"
사씨가 말했다.
"사부의 말이 옳다."
묘혜와 사씨가 즉시 배를 몰아 백빈주로 가니 달빛은 빛나고 사방이 고요했다. 이에 묘혜와 사씨가 선창에 나가 서로의 마음을 노래에 담아 불렀다.
한림이 바라보니 모래밭에 작은 배가 매여 있는데 두 여자가 노래를 부르고 있었다.

푸른 물결에 달이 밝았으니
남쪽 호수에서 흰 마름을 캐는도다.
연꽃이 아름답게 웃으려 하니
배 젓는 사람이 시름에 겨워하는구나.
동정호 어딘가에 귀한 손님이 있어
반가운 사람을 만나리라.

두 여자가 노래를 부르며 담담하게 있거늘 한림이 다가가서 물었다.
"배 위에 있는 낭자는 사람의 목숨을 구하소서."

묘혜가 이 말을 듣고 말했다.

"이상하도다."

그러고는 배를 몰아 가까이 대려 하자 사씨가 말했다.

"소리를 들으니 남자가 분명한데 어찌 배에 태우려 하는가?"

묘혜가 말했다.

"사람의 목숨을 구하는 것이 천금을 시주하는 것보다 나으니 어찌 구하지 않으리오."

결국 배를 급히 저어 대니 한림이 배에 올라와서 말했다.

"뒤에 도적이 쫓아오니 급히 저어 가오."

묘혜가 다시 배를 저으려는데 도적이 소리 질러 말했다.

"배에 탄 사람은 살인자다. 계림 태수 동청 상공께서 잡아 오라 하시니 내려 주면 큰 상을 주리라."

한림이 동청이란 말을 듣고는 묘혜에게 말했다.

"나는 유배 살던 유한림이라 하오. 살인한 적이 없으니 저 놈들의 말은 다 거짓이라."

묘혜가 도적의 소리에 아랑곳하지 않고 돛대를 치고 노래 부르며 떠났다. 동이 틀 무렵 배가 군산에 도착했다. 한림이 정신을 차려 말했다.

"사부는 누구기에 저를 구하셨소?"

묘혜가 합장하며 말했다.

"소승에게 사례하지 마시고 안으로 들어가 반가운 사람을 만나 보소서."

한림이 이 말을 듣고는 짐작 가는 곳이 있었다. 그러나 아직 영문을 몰라 어리둥절한 가운데 묘혜를 따라 들어가니 한 부인이 소복을 입고 앉아 있다가 한림을 보고는 울었다. 이는 곧 사씨였다. 슬픔과 반가움을 억제하지 못해 한 차례 통곡을 하고는 물었다.

"부인이 어찌 이곳에 계시오?"

사씨가 말했다.

"구차한 몸이 죽지 못하고 이곳에 의지해 있거니와 상공은 어찌 이곳에 오셨사옵니까?"

한림이 대답했다.

"이제 부인을 만나 부끄럽기 짝이 없지만 부인은 나의 말을 들어 보오."

사씨는 집을 떠난 뒤 있었던 일의 자초지종과 동청이 엄숭에게 자기를 참소하여 유배 간 일이며, 교씨가 집안 재물을 다 쓸어 동청을 쫓아간 일을 자세히 말했다. 이 말을 들은 사씨는 고개를 숙이고 아무 말도 하지 않았다. 한림이 다시 눈물을 머금고 말했다.

"다른 일은 다 내버려 두더라도 인아는 어미를 잃고 아비를 보지 못한 채 버려졌으니 그 슬픔을 어찌 견디리오."

사씨가 이 말을 듣고는 가슴을 두드리고 통곡하며 말했다.

"인아가 무슨 죄가 있으리오."

한림이 위로하며 말했다.

"설매가 숲 속에 버렸다 하니 혹 하늘의 도움으로 살아 있을지 모르오."

사씨가 말했다.

"숲에 버렸다고 해서 살아 있음을 어찌 믿으리오."

사씨가 못내 슬퍼하니 한림이 말했다.

"부인이 회사정에서 쓴 글을 보고 물에 빠져 죽은 줄 알고 밤에 제문을 짓다가 동청이 보낸 놈들을 만나 죽을 지경에 놓였는데 부인은 어찌 알고 구했소?"

사씨가 묘 아래에 있을 때 시부모가 꿈에 나타나 자기의 갈 길을 지시한 것과 백빈주에 가서 사람을 구하라고 예언한 일이며 묘혜를 만난 일을 자세히 말했다. 이에 한림이 일어나 묘혜에게 사례하며 말했다.

"사부가 바로 전에 서울에 있던 묘혜 스님이로다. 우리 혼사를 성사시키고 이제 우리 두 사람을 구하여 살아서 만나게 하였으니 은혜를 어찌 다 보답하리오."

묘혜가 말했다.

"다 하늘이 살피신 탓이라. 소승에게 무슨 공이 있겠사옵니까?"

드디어 세 사람이 암자로 올라가 안정을 취하자 유모와 시비가 한림께 절하며 반가움을 이기지 못했다. 한림이 사씨에게 말했다.

"비록 사지死地를 벗어났지만 재산이 없고 의지할 곳도 없는지라. 고향 무창으로 돌아가서 논밭을 챙겨 집안을 정리한 후 서울에 올라가 가묘家廟를 모셔와 제사를 받들고자 하니 부인 생각은 어떻소?"

사씨가 말했다.

"상공이 첩을 버리지 아니하시면 첩이 어찌 그 뜻을 따르지 않겠나이까? 그러나 집을 떠날 때 친척들이 보는 앞에서 조상 신위에 고했습니다. 다시 돌아갈 때도 응당 절차가 있어야 할 것이옵니다. 예법을 따르는 것이 좋을까 하나이다."

한림이 말했다.

"부인 말씀이 마땅하오. 내 먼저 돌아가서 가묘를 모셔 오고 인아의 소식을 안 후 예를 갖추어 부인을 맞이하리다."

사씨가 말했다.

"그런데 무창은 동청이 있는 계림과 인접한 마을입니다. 동청이 알면 분명 해칠 것이니 앞뒤를 잘 살펴 움직여야 할 것입니다. 상공께서는 이름을 감추고 행하소서."

한림이 응낙하고는 부인과 묘혜를 작별하고 무창으로 떠났다. 며칠 만에 무창에 도착하여 남은 재산을 수습하고 가묘를 다스린 후 하인들에게 농사일에 힘쓸 것을 당부했다.

한편 유한림을 놓친 동청은 다시 사람들을 풀어 유한림 찾기에 혈안이 되었다. 냉진은 의지할 곳이 없어 방황하던 중, 동청이 높은 벼슬에 있다는 소식을 듣고는 곧장 계림으로 내려왔다. 동청은 냉진을 반갑게 맞이하여 심복으로 삼아 온갖 몹쓸 일을 행했다. 백성을 들볶고, 왕래하는 장사치들을 불러 독한 술을 먹이고 재물을 억지로 빼앗았다. 동청의 이러한 행동이 남쪽 지방에 진동하자 고발과 보복을 생각하지 않는 사람이 없었지만 엄숭이 두려워 아무도 입을 열지 못했다. 이에 동청은 엄숭을 더욱더 지극히 섬겼다.

엄숭의 생일날을 맞아 동청은 냉진을 시켜 엄청난 보물을 바치게 했다. 냉진이 보물을 싣고 서울에 도착했다. 이때 황제께서는 과거의 잘못을 이미 뉘우친 상태였다. 엄숭의 벼슬을 빼앗고 재산을 몰수한다는 소식이 들렸다. 이에 냉진이 생각했다.

'동청이 지은 죄가 많아 사람들의 불만이 가득하지만 엄숭이 두려워 입을 열지 않았다. 그런데 이제 엄숭이 저렇게 되었으니 동청이 어찌 무사하리오. 다른 꾀를 쓰는 것이 좋으리라.'

이렇게 생각하고는 즉시 대궐로 가서 등문고*를 치니 법관이 그 까닭을 물었다.

냉진이 말했다.

"나는 북쪽 사람으로 남쪽 지방을 다니다가 계림을 지나게 되었습니다. 그런데 계림 태수 동청이 극히 흉악하여 황제를 속이고 백성을 못살게 하는 것을 보았습니다. 동청과는 무관한 사이지만 그런 악독한 일을 그냥 넘기지 못해 등문고를 쳐서 동청의 죄를 고발하나이다."

법관이 이 말을 그대로 황제께 고했다. 황제께서 매우 화를 내시면서 동청을 잡아오게 하여 죄상을 조사하니 냉진의 말과 같았다. 이미 조정에 엄숭이 없으니 동청을 구할 자는 아무도 없었다. 결국 동청은 극형을 받아 시장바닥에서 목이 잘려 나가고 그 재산은 다 몰수당했다.

　냉진은 교씨를 서울로 오게 했다. 교씨가 가진 재물이 만만치 않았고, 냉진도 돈이 많이 있었다. 냉진과 교씨는 이런 재물을 가지고 같이 살기를 서로 바랐다. 원래 교씨는 냉진에게 상당한 호감을 가진 터였다. 교씨는 냉진과 마음이 통한 것을 매우 기뻐하며 수레를 구하여 재물을 싣고 같이 길을 떠났다. 길 떠난 지 며칠이 지나자 교씨가 피곤하여 여관을 잡아 쉬게 되었다. 그 날 교씨와 냉진은 술을 많이 먹고 취해 나뒹굴어졌다. 그런데 짐을 나르는 정대완이란 자는 원래 도둑이었다. 냉진의 짐에 재물이 많음을 보고는 이 날 밤 두 사람이 취해 잠이 든 틈을 타서 재물을 훔쳐 달아났다. 다음 날 술에서 깬 교씨와 냉진은 재물이 없어진 것을 알고는 창자가 끊어지는 듯한 심정이었다. 아무리 찾아도 재물을 찾을 길이 없었다.

　조정에서는 황제께서 조회를 열어 좌우 대신들에게 말씀하셨다.

　"동청을 보면 엄숭이 천거한 자는 소인이고, 엄숭을 배척한 자는 다 군자라."

　그리고는 유배 갔던 사람을 불러 다시 벼슬자리를 주었다. 한림학사 유연수를 이부시랑에 임명하는 한편, 과거를 열어 새로운 인재를 뽑으라고 명했다.

　이때 사급사의 아들이자 사씨의 동생인 희랑은 이미 혼인하여 집안을 지키고 있었다. 사씨의 소식을 소문으로 들었지만 자세히 몰라 안타까워하고 있던 차였다. 과거를 보러 왔다가 두추관이 서울로 올라온 줄 알고는 과거장에 들어가 글을 지어 바친 후 곧장 두추관의 집으로 갔다. 희랑이 사씨의 안부를

* 등문고(登聞鼓) | 중국에서 제왕이 신하들의 충간(忠諫)이나 백성의 원통함을 듣기 위해 매달아 놓았던 북.

묻자 두추관이 눈물을 흘리며 말했다.

"소식을 듣지 못했도다. 영매*가 남쪽으로 가는 배를 얻어 타고 장사로 오던 길에 내가 벼슬이 바뀌어 자리를 옮기게 된지라. 영매는 이러지도 저러지도 못하여 결국 강에 빠져 죽으려 하다가 어떤 사람이 구해갔다고 한다. 그러나 거처를 몰라서 내가 여러 번 사람을 보내 찾았지만 간 곳을 알 수 없으니 어찌 슬프지 않으리오. 나라에서 유한림을 사면하고 벼슬을 제수하였지만 아직 종적을 찾지 못했는데, 악주에 있는 사람의 말을 들으니 유한림이 물가에서 영매가 쓴 글을 보고 부인이 죽었다고 하면서 제문을 지어 외로운 혼을 위로하려 했다고 한다. 그런데 그 날 밤 도적을 만나 어디로 간 줄 모른다 하니 난감한지라. 나도 자세히 알지 못해 밤낮으로 걱정하노라."

사공자가 이 말을 듣고 넋이 나간 듯 울며 말했다.

"만약 그렇다면 내 누이는 목숨을 보전하지 못했도다."

두추관이 말했다.

"사형은 너무 애통해하지 마라. 분명 유형과 영매는 살아 있을 것이라."

사공자가 말했다.

"형의 말이 옳기는 하지만 어찌 살아 있음을 바라리오. 여하튼 찾아보리라."

사공자가 집에 돌아와 짐을 꾸려 길을 떠나려고 했다. 이때 사공자가 과거에 급제하여 남창의 추관 벼슬을 하게 되었다. 이에 매우 기뻐하며 말했다.

"남창은 장사와 멀지 않은 곳이니 부임한 후 누이를 찾을 것이라."

한편 유한림이 무창에 내려와 농사에 힘을 기울이니 그럭저럭 생계를 꾸릴 만했다. 하인을 시켜 사씨에게 양식을 보내면서 안부를 물어 오게 했다. 사씨에게 갔던 하인이 돌아와 고했다.

"밖에서 들으니 나라에서 유한림을 석방하신 후 이부시랑에 임명하였지만 종적을 알 길이 없어 방을 붙여 찾고 있다고 하더이다."

이 말을 듣고 한림이 생각했다.

'엄숭이 권력을 잡고 있다면 이런 일이 없는데 분명 조정에 엄숭이 없도다.'

드디어 무창 관아에 가니 무창 지부가 놀라 말했다.

"나라에서 선생을 이부시랑에 임명하셨는데 어디에 계시다가 이제야 오시나이까?"

한림이 말했다.

"소생이 행주에서 돌아오는 길에 산천을 구경하느라 늦었나이다."

이 날 유시랑은 사씨에게 편지를 보냈다.

"조정이 이 몸을 이부시랑 벼슬로 부르시지만 무거운 직책을 감당하지 못할 것이라. 남쪽의 한 고을을 관장하는 벼슬을 얻어 부인을 맞으리라."

유시랑은 오래 머물지 못하고 곧바로 서울로 올라갔다. 가는 길에 남창 관아에 도착했다. 그곳 추관이 뵙기를 청해 만나 보니 바로 사공자였다. 사추관이 눈물을 흘리며 말했다.

"누이가 집을 떠난 지 오래되었지만 죽었는지 살았는지 알지 못합니다. 매형의 소식도 모르다가 이제 뵈오니 어찌 슬프지 않으리오."

유시랑이 말했다.

"이 형이 어리석어 음란한 여자의 말을 듣고 죄 없는 부인을 내쳤으니 무슨 말을 하리오. 부인은 어진 사람인 탓에 하늘이 도우시어 묘혜 선사가 구하여 지금 동정 군산에서 편안하게 있노라."

사추관이 말했다.

---

* 영매(令妹) | 상대방의 누이를 높여 이르는 말.

"누이의 생존은 매형의 복이요 묘혜의 은혜로다."

이윽고 서로 술잔을 주고받으며 담소를 나누다가 유시랑이 길을 떠났다. 유시랑이 서울에 도착하여 황제를 배알하자 황제께서 가까이 불러 보시고는 옛일을 후회하셨다. 유시랑이 고했다.

"보잘것없고 어리석은 신에게 이처럼 큰 은혜를 내려 주시니 갚을 길이 없나이다. 갈수록 은혜를 입어 이제 막중한 임무를 맡기시니 이는 과분한 것이옵니다. 바라건대 조그만 고을을 얻어 백성을 다스리면서 나라의 은혜를 조금이나마 갚고자 하나이다."

황제께서 유시랑의 간절한 말씀을 듣고는 특별히 강서 지방의 수령으로 명하여 부임하라고 하셨다. 유시랑이 황제의 은혜에 감사하며 옛집으로 돌아오니 늙은 하인과 인아의 유모만 남아 있었다. 서로 반가워하는 한편 슬퍼하였다. 마루에는 먼지가 자욱했고 뜰에는 잡초가 무성했다. 가묘에 가서 통곡하며 조상께 사죄하고 두부인을 만났다. 두부인이 눈물을 흘리며 말했다.

"늙은 몸이 살아서 다시 조카를 만나니 이제 죽어도 한이 없도다. 하지만 유소사의 말씀을 저버리고 제사를 폐하니 그 죄 적지 않도다."

유시랑이 머리를 조아리며 말했다.

"이 조카가 어리석어 가르침을 거역하고 죄 없는 아내를 내쳤으니 저의 죄는 죽어도 마땅합니다. 다행히 조상이 도우시어 사씨를 다시 만났으니 고모는 안심하소서."

두부인이 이 말을 듣고는 놀라는 한편 기뻐하며 말했다.

"하늘이 어찌 무심하리오. 내 일찍 조카를 보지 않으려고 했지만 조카가 허물을 고치고 또 사씨를 만났다 하니 어찌 기쁘지 않으리오."

유시랑이 자초지종을 고하니 두부인이 더욱 기뻐 사씨 돌아오기만을 고대하였다. 오래 머물지 못하여 두부인께 하직을 고하고 행차를 거느리고 강서로 향했다.

한편 사추관은 사씨가 있는 군산으로 가서 누이를 만났다. 사씨가 묘혜와 함께 동생을 만나 눈물을 흘리며 그간 겪은 설움을 말했다. 때마침 유시랑이 보낸 편지가 당도했는데, 받아 보니 강서 지방 수령이 되었다는 내용이었다. 사씨 남매의 기쁨은 말할 것이 없었다. 사추관이 묘혜에게 감사의 인사를 전하고, 다음 날 사씨를 데리고 길을 나섰다. 오랫동안 같이 지낸 묘혜는 이별을 안타까워했다.

사씨 남매가 드디어 강서에 도착하여 유시랑을 만났다. 사씨는 7년 동안 입은 소복을 벗고 비단 옷으로 갈아입고는 옛 하인들의 인사를 받았다. 이윽고 가묘로 가서 조상에게 제를 올리고, 유시랑은 제문을 지어 다시 사씨를 데려온 뜻을 전했다. 그 제문에 담긴 유시랑의 마음이 매우 간절했다. 이후 사씨는 인아를 생각하며 두루 찾았지만 소식을 알 길이 없었다. 그럭저럭 1년이 지나자 하루는 사씨가 유시랑에게 말했다.

"소첩이 전에는 사람을 잘못 천거하여 집안을 어지럽게 하였지만 지금은 전과 다르고 또 첩의 나이가 많아 다시 자식을 낳지 못할지라. 마땅히 다른 여자를 맞아들여 자식을 볼까 하나이다."

유시랑이 말했다.

"인아의 생사生死를 알지 못해 슬픔이 사무쳤소. 차라리 죽을지언정 다시는 첩을 들이지 않으리라."

사씨가 눈물을 흘리며 말했다.

"첩인들 어찌 그 마음을 모르리까마는 아직 인아의 생사를 모르고 장차 아이가 없으면 조상을 무슨 면목으로 대하리오."

유시랑이 말했다.

"그렇지만 부인의 나이가 아직은 자식을 낳지 못할 때가 아니니 그런 말을 마오."

 사씨가 묘혜의 질녀 임씨가 요조숙녀임을 생각하고는 그리워했다. 사씨는 유시랑에게 자기와 동행하다가 죽은 늙은 하인의 시신을 거두어 줄 것과 황릉묘를 보수하고 묘혜와 임씨에게 사례할 것을 부탁했다. 유시랑이 즉시 사람을 보내 늙은 하인의 시신을 수습하고 황릉묘를 보수하게 했다. 묘혜와 임씨에게는 재물을 많이 보냈다. 묘혜는 전에도 많은 재물을 받은 터라 암자를 크게 짓고 탑을 세워 '부인탑'이라고 했다.

 유시랑이 보낸 하인이 임씨의 집에 도착하니 이미 그 어미 변씨는 죽고 임씨 혼자 외롭게 지내고 있었다. 임씨는 하인을 반갑게 맞이하며 사씨의 문안을 물으니 하인이 전후 사정을 자세히 말하며 보낸 재물을 주었다. 임씨가 두 번 세 번 사양하다가 결국은 받았다. 이 소식을 전해 들은 사씨는 신세 진 사람들에게 조금이나마 사례를 표한 것이 매우 기뻤다.

 한편 인아는 설매에 의해 숲 속에 버려졌는데, 성주의 장사꾼 왕삼이라는 사람이 배를 타고 가다가 숲 속에서 아이 울음소리를 듣게 되었다. 울음소리가 나는 곳으로 달려가서 보니 귀한 아이임을 한눈에 알 수 있는 옥동자가 버려져 있었다. 데리고 와서 배에 싣고 다녔는데 무창 근처에 이르러 그만 큰 바람을 만났다. 배가 뒤집혀 장사할 물건들은 다 놓치고 사람만 겨우 살았다. 왕삼이 할 수 없어서 그 아이를 어떤 집 앞에 놓고 가 버렸다. 이때 임씨 모녀가 같은 꿈을 꾸었는데, 울타리 아래에 불빛이 환히 비치기에 놀라서 보니 비늘과 뿔 한 개가 돋아 있는 짐승이 있었다. 즉시 일어나서 나가 보니 짐승이 있던 자리에 빼어난 용모를 지닌 아이가 누워 있었다. 임씨가 거두어 안고 들어오자 변씨가 말했다.

 "시절이 흉흉하여 버려진 아이가 분명하다. 내 집이 가난하니 데려와서 무엇하리오."

임씨가 말했다.

"집안에 아들이 없으니 이 아이를 길러 양자를 삼으면 좋을까 하나이다."

이 말을 듣고 변씨는 인아를 애지중지 키우던 중 그만 죽고 말았다. 주위 사람들이 임씨의 현숙함을 듣고 혼인하기를 바라는 사람들이 많았지만 임씨는 농부의 아내가 되는 것이 싫어서 다 거절했다. 묘혜에게 가서 의지하고 싶었지만 인아 때문에 그럴 수도 없었다.

이때 사씨가 유시랑에게 청했다.

"임씨는 덕행을 구비한 요조숙녀입니다. 또 묘혜의 질녀이니 묘혜를 봐서라도 임씨를 맞이하소서."

유시랑이 사씨의 마음에 감동하여 임씨를 맞아들이기로 결정했다. 하인을 임씨 집으로 보내 구혼하자 임씨가 말했다.

"상공과 부인께서 첩을 더럽게 여기지 않으시고 거두고자 하시니 대단한 영광이옵니다. 그러나 어미의 3년상을 아직 마치지 못했고, 어린 동생도 있으니 그 청을 받아들이지 못하나이다."

하인이 돌아와 이대로 전하자 유시랑이 말했다.

"3년상이 끝날 때를 기다려 혼인하는 것이 마땅하다."

또 다녀온 하인이 사씨에게 고했다.

"임씨의 동생이 우리 인아 공자와 비슷하더이다."

사씨가 말했다.

"인아가 살았으면 북쪽 지방에 있을 것이라. 어찌 그렇게 멀리까지 갔겠나?"

그럭저럭 해가 바뀌고 새 봄이 오자 임씨의 3년상이 끝났다. 유시랑이 날짜를 택하여 임씨와 혼인을 했다. 임씨의 용모와 덕행이 사씨가 말한 것보다 오히려 더 나으니 사씨의 총명에 감탄했다. 이후 임씨가 처신을 잘하자 집안

사람들의 칭찬이 자자했다.

하루는 인아의 유모가 임씨의 처소에 와서 눈물을 머금고 말했다.

"지난번 하인의 말을 들으니 낭자의 동생이 우리 공자와 비슷하다 했습니다. 그러니 한 번 만나 보기를 청하나이다."

임씨가 물었다.

"공자를 어디에서 잃었는가?"

유모가 말했다.

"북쪽 순천부 호타강가에 버렸다 하더이다."

임씨가 북쪽 사람이 자기 집 앞으로 자주 다녔으니 이상한 일이라고 생각하고는 즉시 인아를 불렀다. 인아가 임씨의 처소로 들어오는데 유모가 보니 바로 인아 공자였다. 유모가 물었다.

"나를 알겠소?"

인아가 울면서 말했다.

"모친이 집을 떠나실 때 나에게 젖을 먹여 유모에게 주었는데 그 일을 어찌 잊으리오."

유모가 이 말을 듣고 급히 사씨에게 고했다. 사씨가 당황하여 임씨의 방에 이르니 분명 인아가 앉아 있었다. 부인이 인아를 안고 통곡하니 유시랑이 밖에 있다가 요란한 소리를 듣고 급히 들어와 보니 3년 동안 잃었던 아들이 방안에 있었다. 기쁘고 놀라 빼앗듯이 인아를 자기 품에 안고 통곡하니 마치 실성한 사람 같았다. 이에 유시랑이 임씨에게 사례하며 말했다.

"그대는 내 집의 은인이라. 어찌 보통 첩으로 여기리오."

사씨도 임씨에게 사례하니 임씨가 무안해하였다.

사추관과 주위의 관리들이 이 소식을 듣고는 모두 예물을 올리며 축하했다. 그런데 예물 중에 남풍 현령이 올린 것이 있는데 그것은 바로 예전에 잃

어버렸던 옥가락지였다. 다른 예물은 다 돌려보내고 남풍 현령을 불러 옥가락지의 출처를 물었다.

"어떤 여자가 팔기에 산 것입니다."

유시랑이 옥가락지의 출처를 보다 자세히 알아보라고 지시하자 남풍 현령이 즉시 옥가락지를 판 여자를 잡아다가 출처를 물어 보니 그 여자가 말했다.

"남편은 하남에서 짐을 실어 나르는 사람인데, 냉진이란 사람이 보배를 많이 싣고 산동으로 가는 틈에 훔쳤다고 했나이다."

현령이 이 사실을 유시랑에게 보고했다.

냉진과 교씨는 보물을 다 도둑맞고 나서 가난을 견디지 못했다. 교씨는 냉진을 원망하였고 냉진은 교씨의 보챔을 견딜 수 없었다. 마침 이곳에 왕기후의 아들이 있었는데 냉진은 왕공자를 유혹하여 기생집을 다니며 노름을 일삼아 생계를 이어나갔다. 그런데 이런 사실을 왕공자의 숙부가 알고는 분노하여 왕공자를 매우 꾸짖는 한편 냉진을 잡아다가 곤장을 심하게 쳤다. 심하게 매를 맞은 냉진은 집으로 실려와 바로 죽었다. 교씨는 마땅히 의지할 곳이 없어 당황했는데 서주 지방의 포주가 있어 교씨에게 말했다.

"낭자가 나를 찾아오면 평생 부귀를 누릴 것이다."

이 말을 들은 교씨는 기뻐하며 대뜸 포주를 따라가서 기생이 되었다. 서주 지방에서는 교씨의 미모와 가무歌舞가 뛰어나 명성이 자자했다. 유시랑이 마침 서주를 지나는 길에 한 주막에 들어가 쉬고 있었다. 이때 맞은 편 누각 위에서 한 여자가 지나가는 사람을 구경하는 것을 보고 주막 주인에게 물었다.

"저 여자는 누구요?"

주인이 대답했다.

"유명한 기생 조칠랑입니다."

유시랑이 또 물었다.

"원래 이곳이 고향인 사람인가?"

주인이 대답했다.

"이곳에 온 지 얼마 되지 않았나이다."

유시랑이 하인에게 자세히 알아보라고 하니 그 여자는 바로 교씨였다. 유시랑이 너무 화가 나서 바로 잡아서 죽이려 하자 사씨가 말했다.

"이미 창녀가 되었고 이곳 백성이 우리를 존경하고 있습니다. 집안의 좋지 않은 일을 남에게 굳이 알릴 필요는 없습니다."

유시랑은 그 말을 옳다고 여겼지만 분을 참지 못했다.

유시랑이 강서에 부임한 지도 3년이 지났다. 그동안 백성을 잘 다스려 도둑이 평민이 될 정도였다. 이런 소문이 조정에까지 알려지자 황제께서 매우 칭찬하시며 예부상서를 제수하시어 서울로 가게 되었다. 유시랑이 서울로 가는 길에 서주에 들러 중매쟁이를 골라 조칠랑에게 보내 말을 전하게 했다.

중매쟁이가 조칠랑을 찾아가 말했다.

"예부상서 최공이 낭자의 명성을 듣고 첩을 삼으려 하는데 의향이 어떻소?"

이 말을 들은 조칠랑은 기뻐서 즉시 허락했다. 이에 유상서가 조칠랑에게 옷과 가마를 보내 자기의 뒤를 따라오도록 했다.

유상서가 대궐에 도착하여 황제께 배알하고 옛집으로 돌아와 친척을 모아 축하연을 베풀었다. 두부인이 사씨와 이별한 지가 벌써 10년이었다. 이 두 사람의 반가움은 이루 말할 길이 없을 정도였다. 사씨가 두부인에게 임씨를 소개하니 두부인은 다 부질없는 일이라고만 하였다.

이윽고 유상서가 두부인에게 고했다.

"제가 서주에서 미인을 얻어 왔으니 보옵소서."

시비들을 명하여 조칠랑을 데려오라고 하니 조칠랑이 말했다.

"이 집이 유한림 집인데 어찌 나를 이곳으로 데려왔는가?"

시비가 대답했다.

"유한림이 유배 간 후 우리 상공께서 이 집을 사들였소."

이에 조칠랑이 생각했다.

'내 이 집과 인연이 많도다.'

이렇게 생각하면서 가마에서 내려 바라보니 유한림이 두부인을 모시고 사씨와 함께 앉아 있었다. 좌우에 유씨 친척들과 인아가 있었다. 머리 뒤에 벼락이 떨어진 것 같은 기분이 들어 땅에 엎드려 살려달라고 애원을 했다. 유상서가 눈을 부릅뜨며 말했다.

"네 죄를 아느냐?"

교씨가 머리를 조아리며 말했다.

"어찌 모르겠사옵니까? 저지른 죄가 천지에 가득하지만 이 모두 동청이 꾸민 일이니 상서와 부인은 첩의 목숨을 살려주옵소서."

사씨가 말했다.

"나를 해치려고 한 것은 대수롭지 않지만 상공과 조상에게 지은 죄는 용서받지 못할 것이로다."

이에 유상서가 하인에게 분부하여 교씨의 가슴을 베어 염통을 끄집어내라 하니 사씨가 말리며 말했다.

"비록 죄가 중하지만 상공을 모신 몸이니 시신이라도 온전하게 하소서."

유상서가 그 어진 말에 감동하여 다시 명을 내렸다.

"목을 베어 죽여라."

교씨는 이렇게 죽어 시신이 들에 버려져 까마귀 밥이 되고 말았다. 유상서가 교씨를 죽인 후 다시 십랑을 잡아 죽이려고 했다. 그런데 십랑은 이미 그동안 다른 죄를 저질러 잡혀 죽은 상태였다. 사씨는 자신을 위해 매 맞아 죽

은 시비 춘빙의 억울함을 생각하고는 시신을 거두어 장사를 후하게 치르고 제문을 지어 감사를 표했다.

세월이 흘러 임씨가 10년 동안 아들 세 명을 낳았는데 모두 유상서를 닮았다. 그 이름을 각각 웅아, 준아, 난아라 했다. 이후 유상서가 승상의 벼슬에 올라 그 맑은 명성이 세상에 진동했다. 또 사추관의 벼슬이 높아지자 사씨 가문의 영화가 비할 데 없었다.

유승상과 사씨의 나이 여든에 인아와 웅아는 시랑 벼슬에 오르고 준아와 난아도 높은 벼슬을 하였다. 임씨도 무궁한 영화를 누렸고, 며느리, 손자들이 사씨를 잘 모셔 길이 평안하게 지냈다. 사씨가 여자들의 바른 도리를 기록한 『내훈內訓』과 『열녀전烈女傳』을 지어 바르게 살도록 가르치니 그 덕행이 오랫동안 전해졌다.

작품 해설 | 송성욱

17세기 최고의 여성 드라마

김만중이 죽음을 앞두고 지은 소설

『사씨남정기』는 서포 김만중(1637~1692년)이 지은 소설이다. 김만중은 인경왕후의 부친 김만기의 친동생이다. 29세에 장원급제하여 도승지, 대제학, 대사헌을 거쳐 예조판서를 역임하였다. 조선시대의 한글소설은 대부분 작가를 알 수 없지만 이 작품은 실로 대단한 사대부가 지은 것이다. 김만중은 이 작품 외에도 『구운몽』이란 걸작을 지었다. 단정할 수 없지만 『사씨남정기』는 『구운몽』보다 뒤에 지어졌을 가능성이 높다.

  당시 사대부들은 소설을 창작하는 것을 못마땅하게 생각했다. 소설이 실제 역사를 왜곡하고, 남녀의 문제를 부각시켜 미풍양속을 저해하고, 이단異端이나 도둑을 찬양한다고 여겼기 때문이다. 한마디로 소설은 거짓말이기 때문에 지어서도 안 되고 읽어서도 안 된다는 것이다. 그런데 김만중은 다른 사대부와는 달리 소설에 특별한 애정이 있었다. 그는 다음과 같이 말한다.

  『동파지림東坡志林』에 말하기를 거리의 어리석은 아이들은 그 집에서 싫어하고 괴롭게 여기는 바다. 문득 돈을 주어 모여 앉게 해서는 옛날이야기를 들려준다. 『삼국지』 이야기를 해주는데 유현덕이 패했다는 말을 들으면 얼굴을 찡그리고 눈물을 흘리는 아이도 있으며, 조조가 패했다는 말을 들으면 즉시 기뻐 소리치니 이것이 나관중의 『삼국지연의』 힘이 아닌가? 하지만 진수陳壽의 『삼국지』, 온공溫公의 『통감通鑑』을 가지고 무리를 모아 가르친다면 그 이야기를 듣고 눈물 흘릴 이가 없을 것이니 이 때문에 통속소설을 짓는 것이다.

김만중은 역사서를 읽으면 따분한데 소설을 읽으면 감동받는다고 했다. 진수의 『삼국지』는 역사서이다. 이것은 재미가 없지만 그것을 소설로 만든 『삼국지연의』는 사람의 감정을 움직일 수 있다고 한다. 김만중은 역사서를 통해 교훈을 전달하는 것보다는 소설을 통해 교훈을 전달하는 것이 더 효과적일 수 있다는 점을 간파한 것이다.

그래서 『구운몽』과 『사씨남정기』를 창작했다. 그런데 이 두 작품은 매우 다르다. 『구운몽』은 부귀영화가 하룻밤 꿈에 지나지 않는 허무한 것이라는 불교적 세계관을 담고 있지만, 이 작품에서 양소유가 지상에서 벌이는 여덟 명 여성과의 사랑은 화려하고 낭만적이다. 『사씨남정기』에서는 이런 화려함과 낭만을 찾을 수 없다. 유교적 이념이 시종일관 엄숙하게 흐르며 주인공 유연수와 사정옥의 시련이 독자들의 가슴을 안타깝게 한다. 창작 시기는 몇 년의 차이가 있을 뿐인데, 한 작가의 손에서 나온 작품이 이렇게 다를 수 있는지 참으로 궁금하다. 두 작품 사이에 왜 이런 차이가 있는지 생각해 보는 것도 재미있는 일이다.

김만중은 말년에 두 번 유배를 갔다. 유배지는 한 번은 평안북도 선천이고 한 번은 경상남도 남해다. 당시는 장희빈이 인현왕후를 축출하는 등 서인과 남인의 처절한 정권 다툼이 벌어졌다. 김만중은 장희빈을 시종 못마땅하게 여긴 서인의 대표적인 사람이다. 이 와중에서 탄핵을 받아 유배를 가게 되었고, 남해에서 삶을 마감했다.『구운몽』은 선천에서 창작했다. 그때까지만 해도 다시 정계로 돌아와 남인 세력과 싸움을 하겠다는 의지가 있었을 것이다. 그러한 희망이『구운몽』의 화려하고도 낭만적인 분위기를 형성하는 계기가 되었을 것이다. 선천에서 풀려나자마자 곧바로 남해로 유배를 가게 되었다. 남해에서 김만중은 병까지 들었으니 다시 돌아갈 희망이 없었을 것이다.『사씨남정기』를 지배하는 엄숙한 분위기는 이런 사정과 무관하지 않다. 파란만장했던 정치 현실 속에서 죽음을 앞둔 작가의 심정이 고스란히 담겨 있다.

한글소설을 문단에 새롭게 각인한 한글소설의 걸작
『사씨남정기』는 숙종이 장희빈을 총애하고 인현왕후를 폐비한 사건을 비판하고, 나아가 숙종을 뉘우치게 할 목적으로 창작되었다고 한다. 그런 까닭에 자유분방하고 악랄한 교채란은 장희빈, 유교 이념을 지키면서 모진 시련을 이겨낸 사정옥은 인현왕후, 우유부단한 유연수는 숙종을 떠오르게 한다. 김만중의 생애와 당시의 정치 분위기 그리고 소설의 줄거리를 감안해 볼 때 이런 사실을 부인하기 힘들다.

장희빈과 관련된 이야기는 현대 TV 사극의 단골 주제다. 이것만큼 드라마로 많이 만들어진 소재도 없다. 최근 방영된 드라마「장희빈」에서는『사씨남정기』에 얽힌 이야기를 중요하게 다루었다. 장희빈이 인현왕후를 축출한 후

민간에는 『사씨남정기』라는 책이 나돌아 장희빈을 비판하는 여론이 형성되었다는 것이다. 김만중의 종손인 김춘택은 『사씨남정기』를 궁중에서 읽히고 나아가 숙종이 읽을 수 있도록 한문으로 번역했다. 장희재는 서울 곳곳을 다니면서 『사씨남정기』를 모조리 찾아 불을 지르고, 숙종은 『사씨남정기』를 읽고 지난날의 과오를 뉘우친다. 그럴듯한 구성이다.

드라마 내용이 사실인지 아닌지 알 수는 없다. 물론 김춘택은 실제로 『사씨남정기』를 한문으로 번역했다. 그렇지만 번역을 한 이유는 아직 확실하게 밝혀지지 않았다. 다만 김춘택은 『사씨남정기』가 사람을 가르치기에 충분한 소설이라고 하였다.

그런데 『사씨남정기』를 당시 역사와 연관시켜 이해하면 작품을 너무 단조롭게 해석할 여지가 있다. 이 작품이 지닌 다양한 의미를 읽어내지 못할 뿐 아니라 소설사에서 차지하는 역할도 제대로 파악하기 힘들다. 단지 숙종과 장희빈의 사건을 풍자했으므로 『사씨남정기』가 중요한 소설이 되는 것은 아니다.

『사씨남정기』는 17세기 한글소설을 대표하는 작품이다. 17세기는 우리나라에서 한글소설이 본격적으로 창작된 시점이기도 하다. 최초의 한글소설 『홍길동전』이 16세기에 창작되었다고 하지만 이후 다른 작품이 창작되지 않았다. 『사씨남정기』가 창작되기 전에는 오히려 한문소설이 소설사의 주도권을 잡고 있었다. 17세기 중·후반에 『사씨남정기』와 같은 한글소설이 만들어지면서 한글소설과 한문소설이 주도권 다툼을 하기 시작했다. 이 싸움에서 한글소설이 승리했다. 이 승리의 주역 중 하나가 바로 『사씨남정기』다. 그만큼 우리 소설사에서 중요한 작품이다.

17세기 무렵까지 창작된 한문소설은 중국소설의 영향을 직·간접적으로 받았다. 대다수의 한문소설은 혼인하지 않은 남녀의 사랑을 다룬다. 이런 이야기는 당시의 중국소설, 특히 『옥교리』, 『평산냉연』과 같은 '재자가인소설'의 이야기와 매우 흡사하다. 한문소설 중간에 빈번히 삽입되는 시도 이러한 소설의 영향이라고 볼 수 있다. 실제로 한문소설은 시를 모르면 이야기를 제대로 이해할 수 없을 정도로 소설에서 시가 차지하는 비중은 크다.

반면 『사씨남정기』는 가정을 중심으로 처첩의 갈등이라는 새로운 주제를 다룬 우리나라 최초의 소설 양식이다. 혼인하지 않은 남녀의 이야기가 아니라 부부의 이야기를 다루고 있으므로 이 소설에서 남녀의 낭만적 애정은 거의 찾아볼 수 없다. 중국소설에서는 이러한 이야기와 구성을 좀처럼 찾아볼 수 없다. 물론 이 작품은 중국을 배경으로 하고 있다. 간신으로 등장하는 엄숭은 명나라시대의 실존 인물이며, 실제 역사에서도 간신으로 평가한다. 당시는 소설을 짓는 것도 매우 나쁘게 생각하던 시대였으니 우리나라를 배경으로 작품을 짓는 것은 더욱더 힘들었을 것이다. 따라서 『사씨남정기』는 중국의 역사를 이용해 당시 우리 사회의 실정에 맞는 새로운 이야기를 창조한 것이다. 이런 점에서 『사씨남정기』는 우리나라의 소설이 중국소설의 영향에서 벗어나 독자적인 길로 접어드는 계기를 마련한 소설로 평가할 수 있다.

여성 독자에게 새로운 인식을 심어낸 가정소설

　당시 사회는 유례를 찾아보기 힘들 정도로 철저한 주자학의 이념과 이에 기반을 둔 부계 혈연 중심의 가부장제를 강화하였다. 동시에 사림士林이 주목을 받기 시작했다. 사림은 주자학의 이념에 가장 철저한 사람들이다. 김만중은 사림의 지도자였다. 이 사림에 의해 본격적인 가부장제가 시행된 것이다.

　부계 혈연 중심의 가부장제란 바로 강력한 남성 중심의 사회를 뜻한다. 물론 이전에도 가부장제는 유지되었지만 17세기 중엽부터 유례를 찾아보기 힘들 정도로 강화된다. 여성들에게는 '출가외인', '삼종지도' 등의 덕목이 무엇보다 중요했다. '삼종지도'란 어려서는 아버지를 따르고 시집을 가서는 남편을 따르고 남편이 죽으면 아들을 따라야 한다는 것이다. 이런 여성의 도리를 담은 책이 많이 나왔고 여성들은 읽고 그대로 따라야 했다. 딸이 시집을 갈 때 친정아버지는 딸을 교훈하는 글을 직접 써주기도 했다. 남성들은 가부장제를 유지하기 위해 여성들을 교육할 필요를 느낀 것이다.

　그런데 소설을 통해 여성들을 교훈할 수 있다면 그 효과는 훨씬 커진다. 소설 속에는 재미와 감동이 있기 때문이다. 『사씨남정기』의 사정옥을 보면서 감동받거나 교채란을 보고는 화를 내기 마련이다. 이 작품에서 사정옥의 삶은 철저하게 유교적이다. 아들을 낳지 못하자 자기 스스로 첩을 구해 남편에게 보냈다. 시집에서 버려진 뒤 친정이 있음에도 돌아가지 않았다. 돌아가신 시아버지의 묘를 지키는 고생의 길을 스스로 택했다. 자기를 믿지 못하고 내친 남편 유연수를 한 번도 원망하지 않았다. 그런가 하면 첩 때문에 큰 고생을 했음에도 임소저를 또 첩으로 맞아들이도록 했다. 사정옥의 행동은 유교를 철저하게 신봉하는 이념의 화신이 아니면 실로 행하기 어렵다. 아마 현대의 어떤 독자들은 이런 사정옥을 보면서 오히려 무능하고 어리석다고 욕할지 모르겠다. 그것이 바로 당시 사회가 여성에게 강조한 미덕이었다. 이처럼 당시 여성의 입장에서 『사씨남정기』를 읽어 보는 재미도 쏠쏠하다.

　물론 『사씨남정기』는 처첩의 문제와 가정의 문제만 다룬 것은 아니다. 엄숭 같은 간신을 통한 심각한 정치 갈등이나 동청, 냉진 같은 악인을 통한 무분별한 욕망의 문제를 충분히 보여 준다. 그러나 이러한 사건들은 어디까지나 교채란의 악행을 돕기 위한 장치로 설정되어 있다. 독자들은 사정옥의 고난과 교채란의 악행에 관심 있지 엄숭의 정치에 대해서는 관심이 없다. 그렇기 때문에 『사씨남정기』는 정치소설이나 역사소설이 아니라 가정소설이다.

　당시 여성들은 이러한 가정소설을 읽으면서 자신도 모르는 사이에 가부장제의 이념에 길들여졌다. 조선시대 소설 중에서 가정소설은 주로 여성들이 읽었다. 남성들도 읽었지만 독자는 대부분 여성이었다고 보아야 한다. 그 여성 독자 중에는 사대부 집안의 여성이 많았다. 여성 독자들은 소설을 통해 한글을 배우고, 교훈도 얻었다. 좀더 적극적인 사람은 소설을 직접 베껴 썼는데, 이 과정을 통해 붓글씨 공부도 겸했다.

　『사씨남정기』는 바로 이러한 여성 독자를 겨냥한 소설인 셈이다. 김만중이 한문을 제쳐두고 굳이 한글로 『사씨남정기』를 지은 이유가 바로 여기에 있다. 아무래도 여성에게 더 익숙한 문자는 한문이 아니라 한글이었기 때문이다.

통속성이 짙은 소설

『사씨남정기』에는 남해관음, 남해관음의 계시를 받는 묘혜대사, 이비의 영혼, 꿈을 통한 계시 등 신비롭고 초현실적인 현상이 빈번하게 설정된다. 이런 존재가 있기에 독자들은 사정옥의 위기를 조금은 편안하게 읽어내려 갈 수 있다. 더 버틸 수 없는 위험한 순간이 되면 하늘에서 누군가가 내려와 구해 줄 것이라는 기대감이 있다는 것이다. 소설은 그런 기대감을 저버리지 않고 위기의 순간에는 어김없이 하늘의 존재를 등장시킨다. 마치 영화 「슈퍼맨」을 보는 듯하다. 현실의 고난을 자기 스스로 극복하지 못하고 초현실적인 존재의 힘을 빌려 해결하는 것은 실제 현실에서는 일어날 수 없는 일이다. 그런 일이 가능하도록 설정한 소설이 이른바 통속소설이다. 이런 관점에서 본다면 『사씨남정기』는 확실히 통속소설이다.

 17세기는 우리 소설의 통속적 경향이 강화되었다. 한문소설에서도 통속적인 성향이 보이기 시작했다. 이런 통속화 경향을 극대화시킨 작품이 바로 『사씨남정기』다. 이념을 전달하는 데 통속성은 상당히 효과적일 수 있다. 하늘은 착한 사람을 저버리지 않는다는 상식이 있다. 『사씨남정기』의 사정옥을 하늘은 끝까지 지켜 주었다. 사정옥은 절대적인 선인이었기 때문이다. 그런데 사정옥은 유교 이념의 화신이다. 그렇다면 하늘로 대변되는 절대선이라는 것은 결국 유교적 이념이 되는 셈이다. 김만중은 하늘의 논리를 빌어 교채란의 욕망을 제어함으로써 간명하고도 효과적으로 가부장제 이념을 절대화하였다. 따라서 초월계의 설정과 같은 낭만적 장치를 통해 얻은 통속성의 극대화가 곧바로 이념의 절대화와 맞닿아 있는 것이다. 사정옥에게 감동을 받은 독자가 있다면 그는 사정옥이 지킨 유교적 이념에 감동받았기 때문이다. 이것이 바로 통속성이 주는 매력이다.

『사씨남정기』에서 다룬 이야기는 이 작품에만 국한되지 않는다. 이와 비슷한 이야기가 다른 작품을 통해 계속 만들어졌다. 이른바 『사씨남정기』 계열이라고 할 만한 작품이 다수 만들어진 것이다. 17세기 한글소설 중 조성기가 지은 『창선감의록』은 여러모로 『사씨남정기』와 닮아 있다. 시대 배경이 일치할뿐더러 간신 엄숭을 등장시켜 주인공과 맞서게 한 것도 비슷하다. 처첩 갈등을 풀어가는 방식, 악한들이 주인공을 모함하는 방법 등도 상당히 비슷하다. 다만 『창선감의록』은 『사씨남정기』에 없는 이야기가 더 들어간 복잡하고 긴 소설이다. 『사씨남정기』가 『창선감의록』을 줄여서 만든 것인지 아니면 『창선감의록』이 『사씨남정기』를 늘여서 만든 것인지는 모를 노릇이다.

『사씨남정기』와 『창선감의록』의 관계처럼 이야기가 서로 비슷한 소설들이 있다는 것 역시 조선시대 소설의 특징이다. 인기 있거나 가치 있는 소설이 있으면 그것을 모방해서 창작하는 것이 관례였기 때문이다. 이것은 이런 소설들이 기본적으로 통속성을 지니기 때문에 가능한 일이다. 요즘의 통속적 대중문화에서도 이와 유사한 현상을 볼 수 있다. 아마 당시 사회에서 이런 이야기는 다수의 독자와 작가가 공유하던 공통의 관심사였을 것이다.

『사씨남정기』의 여러 판본

『사씨남정기』는 한글본과 한문본이 모두 존재한다. 한글본이 먼저이고 한문본이 나중이다. 한글본이 먼저인 이유는 『사씨남정기』의 주 독자층이 여성이었기 때문이다. 한문본은 김만중의 종손 북헌 김춘택이 만들었다. 김춘택이 굳이 한글을 한문으로 번역한 것은 소설의 품격을 높여 보다 고급 독자층에게 보급하기 위해서였다.

  책의 형태로 보면 필사본, 목판본, 구활자본이 모두 존재한다. 목판본보다는 필사본의 종류가 훨씬 많다. 목판본은 상업적 판매를 목적으로 한 것인데, 조선시대 소설의 유통이 활발하지 않았기에 필사본이 많은 것은 당연하다. 다만 『사씨남정기』는 여성을 교훈하는 역할을 했다는 점에서 자신이 직접 베껴 쓴 경우가 더 많았으리라 짐작된다.

  목판본은 대개 서울에서 판각한 경판본이다. 상권과 하권으로 나누어진 것도 있고, 상권·중권·하권으로 나누어진 것도 있다. 원래 단행본으로 존재하던 것이 이렇게 나누어졌다. 단행본으로 판매하는 것보다는 여러 책으로 나누어서 판매하는 것이 더 많은 이윤을 남겼기 때문이다. 어느 것이나 내용에는 별 차이가 없다.

이 책은 목판본 중 경판 상하 분권본을 기본 텍스트로 택했다. 상권이 32장, 하권이 34장 모두 66장으로 구성된 판본이다. 파리 동양어학교 소장본으로 유동신판由洞新板이다. 목판본 중에서 보존 상태가 비교적 양호하고 내용이 충실하여 이 판본을 택했다.

이 밖에 김춘택의 한문번역본인 한문본 『번언남정기飜諺南征記』를 보조 텍스트로 이용했다. 번역을 하는 과정에서 의미가 잘 통하지 않는 부분은 이 한문본에 의거해서 뜻을 파악했다.